LA MISSION DE L'ALPHA

RENEE ROSE
LEE SAVINO

Traduction par
MARINA HAVEN
Edited by
ELLE DEBEAUVAIS

Midnight
ROMANCE

LIVRE GRATUIT DE RENEE ROSE

Abonnez-vous à la newsletter de Renee

Abonnez-vous à la newsletter de Renee pour recevoir livre gratuit, des scènes bonus gratuites et pour être averti ·e de ses nouvelles parutions !

https://BookHip.com/QQAPBW

PROLOGUE

Appalaches, Kentucky
Pleine lune, 1993

Charlie

Un coyote hurle et les poils de ma nuque se dressent. Le chalet de mes grands-parents craque sous le vent. Comme tous les weekends, je passe la nuit chez eux pendant que ma mère travaille dans un bar en ville.

« Si je ne savais pas que c'est impossible, je dirais que c'est un loup, déclare ma grand-mère en époussetant de la farine sur ses mains. Mais il n'y en a plus dans le Kentucky depuis plus d'un siècle.

— J'ai vu un loup. » Je regrette d'avoir ouvert la bouche au moment où je parle, bien que je ne comprenne pas pourquoi mes tripes se nouent. Tout ce que je sais, c'est que cet énorme loup argenté — que je considère comme *mon* loup et que je sens m'observer régulièrement — n'aime pas que l'on parle de lui.

Mon oncle renifle d'un air incrédule.

Mon grand-père me regarde sans ciller. « Où est-ce que tu as vu un loup, mon garçon ? »

Maintenant, je regrette vraiment d'avoir dit quelque chose. Je secoue la tête. « Nulle part. »

Il se lève de son fauteuil, les sourcils froncés. « Ne mens pas. Tu dis que tu as vu un loup. C'était un gros loup gris ? »

Je déglutis et hoche la tête.

« Tu as remarqué quelque chose d'anormal ? D'inhabituel ? Comme s'il était *trop* gros pour un loup ? »

J'acquiesce encore une fois.

Un nouveau hurlement résonne dans la nuit, plus proche cette fois. Mon grand-père va chercher son fusil de chasse derrière la porte. Mes deux oncles se lèvent et prennent des armes.

Ma grand-mère crie : « Harold, non ! »

Il l'ignore, ouvre la porte du chalet et sort sous le clair de lune. « Il est temps que l'on se réapproprie ces bois », grommelle-t-il. Ses épaules sont carrées dans un angle déterminé.

Je m'empare du pistolet à air comprimé qu'il m'a déjà appris à utiliser et me précipite pour sortir derrière eux. Mon grand-père me laisse toujours l'accompagner. Je le suis comme son ombre quand je suis ici, aussi je suis surpris lorsqu'il se retourne et lève la main.

« Non. Tu ne peux pas venir cette fois, Charlie. Reste dans la maison et protège ta grand-mère. »

Mes épaules s'affaissent sous les mots *protège ta grand-mère*, prononcés avec autorité. Je rentre en courant et vais m'asseoir près de la fenêtre, le pistolet sur mes genoux.

Je ne sais pas combien de minutes s'écoulent avant que

j'entends un coup de feu. Je me lève d'un bond, cours jusqu'à la porte à l'arrière du chalet, la direction d'où le coup est parti, et l'ouvre en grand.

« Charlie, ne sors pas », dit mon grand-père à voix basse. Il est à cinq mètres de moi et me tourne le dos. Mes oncles l'entourent, m'empêchant de voir ce qu'ils regardent par terre. Quelque chose dans sa voix m'effraie. C'est comme si lui-même était apeuré. Mais ça n'a pas de sens : il n'a jamais peur.

« Tu l'as eu, papy ?

— Ouais, j'ai eu quelque chose. » De nouveau, son ton est étrange. « Rentre et dis à ta grand-mère d'appeler Devon. » Devon est le frère de papy, il habite la propriété voisine. Je transmets le message et retourne me poster dans l'encadrement de la porte ouverte. Ma grand-mère approche derrière moi, mais il n'y a rien à voir. Papy s'éloigne du chalet en traînant quelque chose vers la forêt. Je commence à sortir, mais ma grand-mère me retient en posant une main sur mon épaule.

« Si ton grand-père t'a dit de rester à l'intérieur, tu dois obéir. »

À contrecœur, je la laisse me ramener dans le chalet et ferme la porte. Elle allume la télévision pour moi, mais je ne regarde pas l'écran. Je reste à la fenêtre, j'observe papy et mes oncles qui se déplacent en parlant. J'entrouvre discrètement la fenêtre pour écouter.

« C'était un loup. Le gros loup gris, celui que Callie a vu quand elle était ado », dit mon grand-père.

Callie, c'est ma mère. J'ai un papa, mais il ne vient pas souvent me voir. Il passe à mon anniversaire et m'offre des cadeaux, mais elle ne le laisse jamais entrer ni m'emmener nulle part. Elle semble avoir peur de lui, même si je n'ai jamais rien vu qui le justifie.

« En tout cas, c'est plus un loup, Harold », dit Devon.

Sa voix est teintée de doute, comme s'il ne croyait pas à la description de mon grand-père. « Tu sais qui c'est, hein ? »

Qui, pas *quoi*.

« Je sais. »

Un frisson me traverse. Mon grand-père a-t-il tué un homme ?

Va-t-il aller en prison ?

« Allez chercher des pelles, dit-il à mes oncles. On va devoir l'enterrer sur la propriété.

— Ne reste pas là, Charlie. » Ma grand-mère ferme la fenêtre en la claquant. « Tu devrais être couché depuis longtemps. Va te brosser les dents. » Je ne proteste pas, parce que j'entends également de la peur dans sa voix. Je range le pistolet et vais me mettre au lit.

Il me faudra des années pour prendre conscience que la date à laquelle mon père a disparu de ma vie coïncide avec cette nuit-là.

CHAPITRE UN

Charlie

Du sang dans ma bouche… pas le mien.

C'est… si bon.

Non. Pas bon. Mal.

Reprends forme humaine, bon sang.

Mute.

Quand rien ne se passe, je parcours le versant de la montagne, fonce à travers les arbres, saute par-dessus les troncs à terre et les rochers. Mes pattes blanches sont énormes sur les douces aiguilles de pin.

Qu'est-ce que c'est ? Un mouvement dans les fourrés. Je bondis, pivote dans les airs et me lance à la poursuite du lièvre qui détale.

Il n'a pas la moindre chance. Je suis trop rapide. Trop féroce.

Du sang emplit de nouveau ma bouche, chaud et épais. J'engloutis la chair comme un chien affamé.

Ensuite, je trotte jusqu'au ruisseau et m'y désaltère.

Lorsque je vois mon reflet dans l'eau, j'essaie de mordre le gros loup blanc et argenté.

Mute, espèce de monstre. Mute.

Putain, je ne sais même pas où je suis, ni comment repartir. Mon cerveau ne fonctionne pas correctement. Je n'ai aucun contrôle sur mon corps. Sur mes… pulsions.

Je tourne les talons et pars dans la direction qui m'attire. Par miracle, j'arrive devant ma camionnette.

Le désir de monter dans ce véhicule et de quitter cette montagne, de m'éloigner de ce qui s'est passé ici est si puissant que je m'assieds et geins en regardant la poignée de la portière.

Reprends forme humaine.

Qu'a dit Jared pour me faire muter au Honduras ? Simplement *reprends forme humaine.* Je me concentre pour me remémorer ce moment, quand j'ai vu mes pattes blanches pour la première fois, la sensation de chaleur, mes cellules qui se réorganisent. Soudain, je suis couché sur le flanc, hors d'haleine.

Humain.

Putain, quel soulagement.

Je suis redevenu humain. J'ai erré sur cette montagne dix-huit heures avant de réussir à muter.

C'était une erreur de venir ici pour libérer le monstre. Je m'essuie la bouche, écœuré par le goût du sang. Quand le souvenir de ce que j'ai mangé me revient, je manque de vomir à côté de la voiture.

Bon Dieu. Ça ne me ressemble pas de ne pas avoir le contrôle sur mon corps. Cette enveloppe de chair est une machine pour moi depuis que j'ai rejoint l'armée et quitté le Kentucky à mes dix-huit ans. Je peux tuer à mains nues, échapper à n'importe quel danger. Je ne suis jamais aussi efficace qu'en situation de stress.

Ce n'est pas le moment de devenir sensible.

Je déteste sentir le contrôle m'échapper, ne pas savoir ce que je ferai ensuite. Voir comment j'ai succombé au besoin de chasser de mon animal… Je n'ai pas pu le réprimer. Hier soir, la lune montante m'a attiré ici.

Merde. Quelle heure est-il ?

Je récupère les clés, que j'ai cachées au sommet de la roue du côté conducteur, et je déverrouille la camionnette.

Putain, midi et demi. J'ai manqué mon rendez-vous avec mon agente de liaison. Je suis foutu.

Je mets mon jean tout en appelant l'agente Annabel Gray.

« Dune, qu'est-ce qui t'est arrivé ? Tu as disparu pendant vingt heures. » Elle a dû consulter mon traceur, mais je ne l'active que lorsque je suis en mission.

Est-ce du soulagement que j'entends dans sa voix ? Ann Gray s'inquiétait-elle pour moi ? C'est une pensée incongrue, mais notre relation a changé le mois dernier quand je lui ai demandé de m'aider à retrouver la trace des… *loups métamorphes*. Maintenant, je sais ce qu'ils sont.

Ce que *je* suis.

Bref, nous avons établi un rapport de confiance. Elle m'a rendu un service et m'a dit que je lui en devais un en échange.

Cette information me pousse à passer en revue ce que je sais à son sujet. Que pourrait-elle bien vouloir de moi ?

« Désolé. » J'enfile mon T-shirt et m'assieds derrière le volant. « J'ai loupé notre rendez-vous.

— Tout va bien ? » Elle hésite, paraît gênée. Elle s'est vraiment fait du souci.

« Je ne suis pas blessé. » C'est la vérité. Sans savoir pourquoi, je n'ai pas envie de lui mentir, et je ne peux pas sincèrement dire que je vais bien.

Découvrir que je suis un loup métamorphe après que mes gènes de loup se sont activés en voyant mes…

semblables m'a laissé sur le carreau. Je mets en doute ma santé mentale chaque jour. Mais surtout, je remets en question mon efficacité. Mes sens sont ultrasensibles. J'entends trop, je sens trop d'odeurs, j'ai envie de viande et j'ai l'impression que je vais crever si je ne tue pas quelque chose. Si je ne peux pas contrôler mes pulsions animales, que se passera-t-il quand je serai en mission ? Quand des vies seront en danger ?

« J'ai passé la nuit… hors de la ville. Je peux être là dans quatre-vingt-dix minutes. Donne-moi une adresse. »

Elle pousse un soupir impatient. « Venice Beach, quatorze heures trente.

— On se voit là-bas. »

Je raccroche et écrase l'accélérateur. D'habitude, je me fiche d'énerver mes agents de liaison. Mes performances professionnelles sont évaluées sur mon efficacité à réussir les missions, pas sur mes interactions avec eux. Pourtant, peut-être parce qu'elle semblait réellement soucieuse, j'ai hâte de voir l'agente Gray en face.

Je lui présenterai peut-être même mes excuses.

Annabel

J'achète un cornet de glace et m'assieds sur un muret à Venice Beach parmi les hordes de personnes sur la plage. Je suis habillée pour passer inaperçue : un débardeur, un short et des sandales à lanière avec lesquelles je peux courir si besoin est.

Je n'arrive pas à le croire. Je redoute que Charlie Dune ait couché avec quelqu'un la nuit dernière. Merde, qu'est-ce que ça peut bien me faire ?

On n'est pas ensemble.

Je suis son agente de liaison, bon Dieu.

Bien sûr, il est canon. Tous les agents de terrain que j'ai rencontrés m'attirent. Mais bon, comment ne pas être séduite par ces hommes à l'intelligence supérieure dont le corps a été entraîné pour être une arme ? Des agents censés être capables de renverser des gouvernements à eux seuls, de déclencher des guerres ? Des agents qui peuvent sauver des otages ou, si l'on en croit les rumeurs, exécuter sur ordre ? Je n'ai jamais transmis de telles instructions, mais je ne suis pas très haut placée.

Comme tous les agents spéciaux, Dune n'est que muscles ciselés. Il n'est ni massif ni immense ; ils ne le sont jamais. Ils doivent pouvoir évoluer dans des environnements sans se faire remarquer. Se fondre dans la masse.

J'imagine que j'ai un faible pour les espions, et en particulier pour Dune. Il s'est passé quelque chose entre nous le mois dernier. En fait, ce n'est sans doute que dans ma tête. Et c'est précisément pour ça que je suis spécialisée dans l'analyse des renseignements et que je ne travaille pas sur le terrain : je suis trop émotive, les gens et les situations me touchent trop. Je m'investis trop. Malgré ma formation au combat, je ne pourrais jamais tirer sur quelqu'un même si ma vie en dépendait.

Il y a un mois, j'ai fait des entorses à certaines règles et j'ai risqué ma place pour obtenir des informations à la demande de Dune. Il m'a expliqué qu'il a perdu quelqu'un dans les incendies des labos. Et je suppose que ça m'a émue. Je sais ce que c'est d'enquêter sur les petits secrets honteux du gouvernement quand ça concerne un être cher.

« Au chocolat, mon parfum préféré », dit une voix grave derrière moi.

Je ne sursaute pas. J'ai l'habitude qu'il apparaisse comme par magie. En revanche, je n'ai pas l'habitude qu'il s'approche autant. Si je ne pensais pas être folle, je pourrais jurer qu'il s'est penché pour respirer mon parfum.

Quand je me tourne, son visage est trop proche du mien. Ses yeux verts semblent devenir bleu glace sous le soleil.

Merde.

Ouais, il est plus sexy que dans mon souvenir. Avec son T-shirt noir qui s'étire sur ses muscles durs et sa casquette baissée sur son front, il a tout du surfeur californien bien gaulé.

Il me vole ma crème glacée et la goûte d'un grand coup de langue. Hum, il se passe vraiment un truc. On partage presque notre salive.

Flirte-t-il avec moi ?

Oh, c'est gonflé après avoir manqué notre réunion à cause de son coup d'un soir. Je n'aurais jamais pris Dune pour un homme à femmes, mais ce n'est pas surprenant. Les agents spéciaux ne pouvant pas avoir de relations sérieuses, ils deviennent souvent des coureurs de jupons, qui baisent où ils veulent et dès qu'ils en ont envie.

Connard.

Je me tourne pour le regarder et le vois engloutir ma glace en une bouchée. Je ne savais pas qu'un cône glacé pouvait se manger si vite.

Bon, on ne partagera pas notre salive.

Il a la décence de paraître penaud alors qu'il se lèche les doigts.

« Je t'en achèterai une autre. »

Je lève les yeux au ciel. « Te fatigue pas. Je l'ai achetée pour donner le change.

— Quelle est la mission ? »

Même s'il reste toujours professionnel, mon agacement refait surface.

« On l'a peut-être perdue à cause de ton absence de ce matin. »

Son expression reste impassible. Sous la casquette, ses yeux continuent de parcourir le paysage, comme s'ils enregistraient chaque personne qui passe et le moindre détail qui nous entoure. Merde, il est tellement *vigilant*.

« Je vais arranger ça. Quelle est la mission ? »

Le truc, c'est que je le crois. Je suis sûre qu'il arrangera ça. Cet agent obtient des résultats, c'est pour ça qu'il touche un paquet de pognon.

Je suis néanmoins toujours de mauvaise humeur. J'allume ma tablette et lui montre l'écran. « La cible est Lucius Frangelico. Il habite à Hollywood. Métier inconnu. Potentiellement un mafieux ou un trafiquant de drogue. En tout cas, il trempe dans quelque chose, c'est certain. Ils le veulent sur écoute et suivi.

— Pourquoi on doit s'en occuper ? Ce n'est pas plutôt une mission pour le FBI ?

— Il a des liens avec Al-Qaïda. Il voyage à l'étranger et il vend peut-être des armes. C'est une enquête préliminaire.

— Je m'en charge.

— Ouais, par contre, il a quitté la Californie cet après-midi en jet privé. Donc, tu vas aussi devoir le retrouver. »

Il hoche la tête, très sérieux. « Je le ferai. »

J'en suis sûre. Je lui fais entièrement confiance. Mais j'ai toujours l'impression qu'il me doit des excuses pour ne pas s'être présenté à notre réunion ce matin.

Comme s'il pouvait lire dans les pensées en plus de tout le reste, il rencontre mon regard. « Je suis désolé pour ce matin. Ça ne se reproduira plus.

— Dune, je me fiche de ce que tu fais de ton temps libre, mais quand je te demande de venir, tu viens. » Je peux être une chieuse quand l'occasion s'y prête.

Il frotte le début de barbe sur son menton, en jetant de petits coups d'œil dans toutes les directions sans bouger la tête. « Ouais. J'étais… coincé. »

J'arque un sourcil. « Elle était si douée que ça ? »

Il redresse brusquement la tête avec une expression perplexe. « Quoi ? » Son éclat de rire me prend par surprise. Peut-être que lui aussi. Je détecte du soulagement dans sa voix et range cette information dans un coin de ma tête pour l'examiner plus tard. « Non, je n'étais pas avec une femme… j'aurais bien aimé. Je veux dire… » Il s'interrompt et plonge ses yeux de jade dans les miens.

On reste silencieux pendant un instant, nos regards aimantés. Quelque chose palpite dans mon ventre. Ses narines s'évasent et un jeu de lumière donne à nouveau un éclat bleu à ses yeux. Je suis bouche bée. Son regard descend se poser sur mes lèvres.

« Ce n'était pas à cause d'une femme. » Sa voix est plus rauque que d'habitude.

« C'était à cause de quoi, alors ? » La mienne a perdu toute fermeté… elle a un timbre essoufflé que je trouve ridicule.

Il secoue la tête. « D'autre chose. » Il a soudain l'air fatigué, presque abattu.

Je suis stupéfaite par mon besoin de le réconforter, de découvrir quels démons hantent ce guerrier courageux. Que cache ce masque impénétrable de force et de compétences ?

« Écoute. » Il touche ma nuque, juste sous le nœud de mon débardeur. Ce contact léger déclenche une décharge électrique à travers mon corps, et des frissons de plaisir courent sur ma peau. Je sais que c'est seulement pour les apparences, que l'on joue le rôle d'un couple à la plage, mais la pulsation entre mes jambes ne le comprend pas. « J'aimerais te remercier pour ton aide le mois dernier. Tu as contribué à retrouver un enfant kidnappé, donc… ça a été utile. »

Je me demande qui est l'enfant qu'il a secouru et envisage différentes hypothèses. Le sien ? Celui d'un ami ? Cependant, je ne peux me concentrer que sur les cercles qu'il trace légèrement sur ma peau. J'ai du mal à respirer.

« Contente d'avoir pu aider.

— À charge de revanche. Viens me voir quand tu auras besoin d'un service. »

Mes tétons se dressent. « Je le ferai. » Ma voix retrouve son assurance, mais pour une raison inexplicable, je choisis ce moment pour rougir. Peut-être à cause de son regard pénétrant, comme s'il essayait de deviner quel genre de service je pourrais bien lui demander.

J'espère de tout cœur ne jamais avoir besoin de le faire, mais le dossier que j'ai obtenu pour lui n'est pas le seul fichier censuré que j'ai hacké. Et étant donné pour quelle branche du gouvernement je travaille, les conséquences pourraient être plus sévères qu'une tape sur les doigts. On ne sait jamais.

Avoir un ami capable de protéger ma vie pourrait se révéler utile.

« Tu m'as transféré les infos ? demande-t-il en pianotant sur la tablette, de retour sur le boulot.

— Oui. Dis-moi quand tu les auras reçues.

— Bien sûr. » Il commence à s'éloigner, puis se retourne. « Annabel ? »

C'est la première fois qu'il m'appelle par mon prénom. Ça me fait le même effet que s'il me tenait à la gorge… mais d'une façon sensuelle. Il réquisitionne toute mon attention ; mes mamelons durcissent de plus belle, ma peau se couvre de chair de poule.

« Tu as des ennuis ? »

J'hésite, puis secoue la tête. *Pas encore.*

Il acquiesce. « Tu me le diras quand il faudra que je le sache. »

Et il s'en va, se mêle aux passants et disparaît aussi vite qu'il était arrivé.

En effet. Je le lui dirai quand il faudra qu'il le sache.

J'espère sincèrement que ce jour n'arrivera jamais.

Alors dans ce cas, pourquoi suis-je déçue de ne *pas* partager mon secret avec lui ?

CHAPITRE DEUX

Annabel

Je suis assise dans le bureau de Los Angeles, que je partage principalement avec des employés de la division des ressources nationales. Ma supérieure directe travaille depuis Langley, donc je suis la seule professionnelle de la sécurité sur place et, comme Charlie, je me supervise entièrement moi-même.

Ce qui me laisse du temps et me donne l'occasion de mener des enquêtes personnelles. Je travaille sur l'une d'entre elles depuis octobre dernier, quand je suis tombée sur le dossier de mon père en essayant d'accéder au mien. Ce qui était bizarre, parce que mon père n'a jamais travaillé pour la CIA.

Du moins, c'était ce que je croyais.

Son dossier était sous scellés. J'ai seulement pu apprendre qu'il a été tué dans l'exercice de ses fonctions au Salvador. Cette information correspond à ce qui a été dit à ma famille, à l'époque. Mon père était major du corps des

Marines et il a été abattu au Salvador au cours d'une opération de protection rapprochée d'un membre haut placé du gouvernement.

Censément.

Mais dans ce cas, que faisait-il vraiment pour la CIA au Salvador ? De l'espionnage ? Mon père était-il un agent de terrain ? Tout porte à le croire. Pour la trente-cinquième fois, j'essaie de trouver un accès détourné à l'information. J'ai un diplôme en programmation et mes dix ans à la CIA m'ont appris un paquet de trucs sur le système de sécurité de l'information du département.

Pourtant, j'essaie de pirater ce dossier depuis des mois sans résultat. Il est peut-être temps d'essayer une méthode plus directe pour obtenir ces informations. Je prends le téléphone et compose le numéro d'Edward Scape, le directeur de la CIA et le chef de ma chef. Il travaille pour l'agence depuis plus de quarante ans, ce qui signifie qu'il était déjà là du temps de mon père. Il pourra peut-être m'apprendre quelque chose.

Je tombe sur sa secrétaire. « Je suis désolée, le directeur n'est pas disponible. Puis-je prendre un message ? »

Je tapote mon clavier, certaine qu'il ne me rappellera pas à moins que je lui donne une raison convaincante de le faire. « Vous pouvez me rediriger sur son répondeur, s'il vous plaît ? »

Elle hésite, puis répond : « Entendu, je transfère l'appel tout de suite. »

Bien sûr, un message sur son répondeur sera enregistré. Je dois soigneusement choisir mes mots. « Bonjour monsieur Scape, ici l'agente Annabel Gray du bureau de Los Angeles. Je ne vous contacte pas à propos de mon affectation actuelle, mais pour une raison personnelle. J'ai obtenu des informations qui confirment que mon père, le major Jack Gray, était un agent dans les services clandestins. J'aimerais savoir si je peux accéder à son dossier ou si vous seriez en mesure de m'expliquer ce qu'il faisait ? Vous pouvez vérifier mon habilitation de sécurité. Je ne communiquerai ces informations à personne. C'est seulement par… par intérêt personnel. Pour tourner la page. J'étais jeune quand il est mort et je ne savais pas que nous avions choisi la même voie professionnelle. J'aimerais beaucoup en savoir plus sur lui. » Je lui laisse mon numéro, le remercie et raccroche.

Puis je tapote mon clavier encore un peu. Il ne me rappellera probablement pas.

～

Charlie

Entre tous les endroits possibles, je trouve Frangelico à Tucson, rien que ça.

La coïncidence paraît curieuse, étant donné que c'est là qu'est basée la meute de loups que j'ai suivie le mois dernier. Je ne suis pas vraiment du genre à croire que l'univers guide nos pas, mais je dois admettre que c'est une occasion en or.

Je pourrais aller voir Jared et lui demander de me parler de ce que je suis.

Mais je rejette cette idée à l'instant où je la formule. Je ne suis pas un type qui demande de l'aide, et je ne veux assurément pas être associé avec ces personnes… créatures… quelles qu'elles soient. Elles trempent dans des activités à la légalité discutable, des combats clandestins et allez savoir quoi d'autre.

Ai-je envie de savoir ce qui se passe à la pleine lune ?

Chassent-ils, tuent-ils comme je l'ai fait ? Leurs proies sont-elles beaucoup plus conséquentes qu'un lapin ? Je ne suis pas sûr de vouloir connaître les réponses à ces questions, alors que j'accepte à peine ce que je suis devenu.

D'un autre côté, rester dans l'ignorance semble aussi particulièrement stupide.

Frangelico a pris une chambre dans un hôtel à l'ouest de la ville, le Marriott Starr Pass. Je me rends là-bas et fauche une clé magnétique sur un chariot de nettoyage pour entrer dans sa chambre.

Placer des micros dans la pièce n'est pas difficile, même si ce n'est sans doute pas tellement utile. J'installe des appareils dans l'ourlet de ses habits et sous la semelle de sa chaussure. En vérité, je dois surtout me procurer le téléphone de ce type. C'est l'objet le plus difficile à obtenir, et le meilleur endroit où installer un traceur.

Quand j'entends une carte glisser dans le lecteur magnétique de la porte, je sors sur le balcon et m'adosse au mur. C'est bien ma chance : il se dirige droit dans ma direction. Peut-être qu'il a vu le rideau bouger ou qu'il a envie de s'aérer. Quoi qu'il en soit, je dois disparaître. Je me laisse pendre sur le bord du balcon, en me tenant à bout de bras pendant qu'il hume l'air juste au-dessus de moi.

Ouais, je peux l'entendre inspirer. Mon ouïe s'est amplifiée depuis que j'ai muté pour la première fois sous l'ordre de Jared, le mois dernier.

Je respire profondément et son odeur me parvient. Mon odorat s'est amélioré, lui aussi. Frangelico a un parfum singulier, qui ne ressemble pas du tout à celui d'une personne. Son odeur m'évoque plutôt de la terre froide. Elle est... anormale.

Je déplace lentement mes mains jusqu'à l'angle du

balcon et me laisse tomber sur celui d'en dessous. Je sens davantage que je ne vois Frangelico se pencher par-dessus la balustrade, comme s'il avait entendu mon mouvement, mais je me dissimule dans l'ombre.

Il est vraiment sur ses gardes. Je crochète la serrure de la porte-fenêtre et entre dans la chambre. J'ai besoin d'un meilleur plan pour approcher ce mec, et j'ai intérêt à bien y réfléchir. Il n'est peut-être pas entouré de gardes du corps, mais il est prudent, voire parano. Ce qui confirme qu'il est certainement mêlé à des activités illégales.

Je traverse les couloirs de l'hôtel et descends à l'accueil. Utilisant l'une de mes nombreuses fausses identités, je prends une chambre pour la nuit à quelques portes de la sienne.

◇

Annabel

« Mademoiselle Gray ? Ici le directeur Scape. »

Je me redresse, surprise. « Oui, monsieur le directeur. Merci de me rappeler.

— Donc, vous souhaitez en savoir plus sur le major Gray.

— C'est ça. Vous le connaissiez ?

— Oui. » Il n'ajoute rien. Mon ventre se noue désagréablement.

« Je suis sûre que son dossier est classifié, mais vous pourriez me dire ce qu'il faisait pour la CIA ? Comment il est vraiment mort ? »

Le directeur garde un instant le silence. « Mademoiselle Gray, il vaut parfois mieux ignorer certaines choses sur ceux qui nous ont quittés. L'histoire que vous avez entendue est plus belle que tout ce que je pourrais vous dire. Pourquoi ne pas conserver le souvenir de votre père en tant que héros militaire ? »

Je n'aime pas son sous-entendu. Est-il en train de dire que mon père n'était *pas* un héros militaire ?

« Qu'essayez-vous de me dire, monsieur le directeur ?

— Je dis que votre père était un agent. Vous êtes une agente, mademoiselle Gray, mais vous n'avez jamais travaillé sur le terrain.

— Non », dis-je faiblement. Où veut-il en venir ?

« Les agents de terrain doivent prendre des décisions difficiles. Parfois, ils cessent d'obéir aux ordres et laissent leurs propres objectifs influencer leurs actes. »

Je ne peux soudain plus respirer.

Mon père a agi contre les ordres ? A-t-il fait quelque chose d'incorrect ? De mal ? Malgré ma gorge sèche, je reprends la parole.

« Je suis agente de liaison pour les agents de terrain. Je sais ce qu'on leur demande parfois de faire.

— Oui, et parfois, certains agents partent à la dérive, mademoiselle Gray. Ils prennent des initiatives qui ne font pas partie des ordres. Ils commettent des erreurs. Écoutez, le dossier de votre père est censuré. Je ne vous donnerai pas l'autorisation d'y accéder et je vous assure que vous n'aimeriez pas ce que vous y apprendriez. Oubliez la dernière mission de votre père. Gardez le souvenir d'un héros, comme vous l'avez toujours fait. C'est un conseil. »

Mes tripes sont un paquet de nœuds. « Je vois, dis-je en un souffle.

— Mademoiselle Gray ?

— Oui, monsieur ?

— Comment avez-vous su que votre père était un agent ? »

Mon pouls s'accélère. Je ne peux pas lui dire que j'ai piraté la base de données de la CIA. Je perdrais mon boulot. « Hum, j'ai trouvé son journal intime. Les informations sont codées, il n'aurait pas consigné des secrets gouvernementaux, mais j'ai… j'ai reconnu certains termes. » Merde, je suis la pire menteuse au monde.

Scape se tait pendant quelques secondes. « Ce journal appartient au gouvernement. Vous devez l'apporter le plus rapidement possible. »

Je me creuse la cervelle à toute vitesse. « Je l'ai déjà détruit. » Je suis fière de m'exprimer d'une voix calme et assurée. « Je sais que ce genre de chose n'est pas censé exister. »

— Je vois. » Je ne sais pas s'il me croit. « Bien, je vous demande d'oublier tout ça. Cessez vos recherches, arrêtez de poser des questions. C'est compris ? »

Le nœud dans mon estomac se détend de quelques millimètres. Son ordre a quelque chose d'étrange. Je recommence à tapoter mon clavier. « Oui, monsieur.

— C'est tout. » Il raccroche sans dire au revoir.

Je fixe mon écran un long moment sans le voir. Je suis tentée d'appeler ma sœur, de lui demander si elle se souvient de quelque chose, mais j'en doute. Mon père n'aurait pas été imprudent. Si je ne suis au courant de rien, ma sœur non plus. Et nous ne saurons jamais ce que savait notre mère, parce qu'elle est décédée d'un cancer des ovaires l'an passé.

La mort de mon père est en lien avec quelque chose d'horrible. C'est la seule conclusion que je puisse tirer de ma conversation avec le directeur Scape. Il ne m'aurait pas demandé de cesser mes recherches à moins que l'affaire ne concerne un gros secret que le gouvernement ne veut pas voir s'ébruiter.

Je réfléchis à ses mots. Ai-je *vraiment* envie de savoir si mon père a fait quelque chose de terrible ? Quelque chose d'immoral ? Quelque chose qui a potentiellement coûté la vie à des innocents ?

Je tapote mon clavier — une habitude nerveuse que je devrais vraiment perdre.

Bon, je ne suis pas du genre à faire l'autruche. Même si mon père a fait quelque chose d'atroce, je veux le savoir. Croire un mensonge ne rendra pas ma vie meilleure.

Bien sûr, découvrir la vérité pourrait la rendre pire.

Mais quelque chose dans le discours du directeur Scape m'a mise sur la défensive. Maintenant, je veux savoir simplement parce qu'il m'a demandé de laisser tomber. Je suis une fille têtue. Et s'il croit qu'une agente de la CIA entraînée à rassembler des informations va abandonner ses recherches parce qu'il le lui a demandé, c'est un idiot. Surtout après qu'il a confirmé à demi-mot qu'il y a bel et bien quelque chose à trouver.

Charlie

Je place le mouchard dans le portable de Frangelico après m'être servi de la vieille méthode de la bousculade pour lui faire les poches quand on s'est croisés dans le bar. Je le range à la même place quelques instants plus tard en ressortant des toilettes des hommes.

Le temps que je regagne ma chambre pour l'activer, le micro est foutu.

Ce qui signifie que je suis repéré. Je l'étais peut-être déjà sur le balcon. Ce type semble vraiment avoir un sixième sens.

Une pensée me donne la chair de poule.

Pourrait-il être l'un d'entre… nous ? Pouah. Je n'arrive pas à croire que je dis *nous*. Mais je ne peux pas le nier : je suis un monstre comme le reste d'entre eux, un homme-bête incapable de contrôler ses propres pulsions.

Jared a paru savoir que j'étais un loup à mon odeur. Je n'ai pas assez affûté mes nouveaux sens pour distinguer quoi que ce soit, mais supposons que Frangelico le puisse ? Et qu'il m'ait senti ou entendu sur son balcon ?

Je peux désormais différencier l'odeur d'un homme de celle d'une femme. Putain, je suis presque sûr de pouvoir reconnaître le parfum du désir d'une femme. Cette pensée ne devrait pas faire apparaître l'adorable Annabel Gray dans mon esprit, mais c'est le cas.

Je l'ai déjà rencontrée. Des dizaines de fois. Mais lors de cette dernière entrevue, peut-être à cause de mes sens améliorés, elle était saisissante. Sa longue chevelure épaisse, teinte en auburn sombre et attachée pour dégager son visage, une seule mèche retombant sur sa joue, sa peau lisse, ces grosses lunettes à monture noire qui lui donnent l'air d'une bibliothécaire sexy…

Et son parfum.

Vraiment, je crois que c'est ce qui m'a achevé.

Elle sentait… le paradis.

J'ai dû lui arracher sa glace des mains, parce que sinon, c'est *elle* que j'allais dévorer. Le grand méchant loup ne faisant qu'une bouchée de son attirante agente de liaison.

J'avais envie de détacher son débardeur et de laisser le tissu qui recouvrait sa poitrine tomber dans le sable pour voir ses tétons roses contre sa peau pâle. Et cette image me pousse à visualiser ce que j'aurais fait ensuite : laisser courir ma langue entre ses seins pour découvrir si son goût est aussi incroyable que son odeur.

Le méli-mélo d'images qui m'assaille fait monter un grondement dans ma gorge. Annabel à quatre pattes, moi derrière elle qui la prend brutalement. Ses cheveux enroulés autour de mon poing comme une laisse.

Oh, putain de merde. Je ne suis pas comme ça. Je respecte les femmes. Je ne les plaque pas au sol pour les posséder de toutes les manières dont j'ai envie comme une espèce de… d'animal. Merde. Mais c'est ce que je suis désormais, non ? Et les pulsions sont de plus en plus puissantes.

Est-ce ainsi que ma mère est tombée enceinte ? Mon père l'a-t-il agressée ? Est-ce pour ça qu'elle avait toujours peur de lui ? Bon Dieu, j'aimerais pouvoir lui parler, lui demander ce qui s'est passé, mais elle me croit mort au combat depuis dix ans. Le gouvernement a simulé mon décès et m'a attribué une nouvelle identité. Je ne peux pas réapparaître comme un fantôme pour réclamer des réponses.

J'envisage d'envoyer un message à mon agente de liaison, juste pour l'informer de ma situation actuelle, mais c'est stupide. Je ne ferai mon rapport qu'une fois la mission accomplie, et clairement, elle ne l'est pas.

En fait, je suis presque certain de l'avoir foutue en l'air. Et que ma vie est donc en danger.

Mais ce n'est rien de nouveau.

Ce qui l'est, c'est de penser que les gens ne sont pas qu'humains, qu'ils puissent être quelque chose de différent. Apprendre que je suis un loup métamorphe m'a retourné le cerveau. Je mets en doute tout ce que je croyais savoir et je soupçonne ma cible d'être une créature surnaturelle.

C'est débile.

C'est un criminel qui sait que je le file. Comme n'importe quelle autre cible. Je dois simplement trouver un autre moyen de le mettre sur écoute.

Je le suis hors de l'hôtel jusqu'au parking des clients. Et je perds sa trace. Je veux dire, il disparaît comme par magie. Aucune voiture n'a démarré, je n'entends aucun bruit de pas.

Mais il n'est plus là.

Bordel de merde.

~

Annabel

Ma supérieure, Lucy Tentrite, me téléphone au bureau le lendemain matin. Sa voix est cassante. « Annabel, j'ai appris que vous avez appelé le directeur Scape.

— Oui, madame, c'est vrai. Pour une raison personnelle.

— Oui, la mort de votre père. Écoutez, je vais être franche avec vous, en tant que supérieure et en tant qu'amie. Je ne sais pas dans quoi vous mettez le nez, mais entre vous et moi, ça ne leur plaît pas. Je vous donne un ordre direct : abandonnez votre enquête. Est-ce clair ?

— Whoa. D'accord.

— Vous connaissez notre secteur d'activité. Notre branche, ce sont les secrets. Ceux-là dépassent largement votre niveau. Peu importe s'ils concernent votre père. Ils ne veulent pas que vous en sachiez plus. »

Je ne dis rien, parce que vraiment... que répondre à ça ?

« Vous avez effectué des recherches dans les archives internes, des dossiers auxquels vous n'étiez pas censée avoir accès. Je pourrais vous faire virer pour ça. Bon sang, je pourrais vous poursuivre en justice. »

Je retiens mon souffle. *Ils savent.*

« Ne vous intéressez plus à cette affaire.

— Compris, madame.

— Où en est la situation avec Lucius Frangelico ? demande-t-elle, changeant abruptement de sujet.

— La mission est toujours en cours.

— Qu'est-ce qui prend si longtemps ? »

Je me suis posé la même question. Je n'ai aucune nouvelle de Dune, même si ce n'est pas inhabituel. Il m'appellera quand le travail sera terminé. « Je ne sais pas. Je vais obtenir la réponse.

— Tenez-moi informée.

— Oui, madame. »

Parce que je suis secouée, et non parce que j'aime contacter l'agent séduisant, j'envoie un message à Dune. « Le QG veut un rapport. »

À ma grande surprise, il appelle immédiatement. « La ligne est sécurisée ?

— Un instant. » Je redirige son appel sur un portable prépayé dont je me sers pour communiquer avec les agents. « Vas-y.

— Qu'est-ce que tu ne me dis pas sur ce type ? »

J'ai besoin d'un instant pour masquer mon étonnement. J'ouvre le dossier de Lucius Frangelico et le parcours à la recherche d'indices. Tout en lisant, je tapote doucement le clavier du doigt.

« Annabel ? »

Il m'a encore appelée par mon prénom. Ça ne devrait pas me plaire autant.

« Je suis là. J'essaie de comprendre ce que tu veux dire.

— Il a détruit tous les micros que j'ai installés en quelques minutes. Ce n'est pas une cible ordinaire.

— D'accord. Je vois qu'il a l'habitude de disparaître sans laisser de trace. Des allées et venues douteuses. Possiblement impliqué dans des meurtres. Les victimes ont reçu une balle à bout portant *après* le décès.

— Alors, comment est-ce qu'elles sont mortes ?

— Causes inconnues. En général, il leur fait sauter la cervelle. Un homme a été décapité. » Je lutte contre une vague de nausée pendant que je fais défiler les photos. Et de culpabilité. J'aurais dû approfondir mes recherches sur cette affaire avant d'envoyer Dune. J'imagine que j'étais trop préoccupée par mon enquête personnelle.

« L'agence sait ce qu'elle cherche, ou c'est une enquête à l'aveugle ?

— Ce n'est pas clair.

— Permission d'éliminer le suspect en cas de danger ? »

Un frisson parcourt ma nuque. J'essaie de ne pas redouter que mes agents se fassent tuer, surtout quand c'est moi qui les envoie en mission, mais un pressentiment me glace les sangs. Dune sait qu'il est en danger. Pourtant, je ne peux que lui répondre : « Ils le veulent vivant. »

Dune pousse un juron bas. « J'ai besoin d'une technologie différente. Il fait la chasse aux traceurs. Tout ce que j'ai placé sur lui a été détruit.

« Je vais contacter les ingénieurs.

— Je reste sur son dos en attendant. »

Le frisson associé à un mauvais pressentiment est de retour. « Charlie, tu as été repéré ? » Voilà que j'utilise son prénom, moi aussi.

Il soupire. « C'est possible. »

De nouveau, une terreur glacée, comme si une main serrait mon cœur entre ses doigts. Je parle sans réfléchir. « Rentre. Je vais réassigner la mission.

— Elle n'a pas encore échoué.

— Rentre à Los Angeles. C'est un ordre. »

Dune émet un bruit qui ressemble à *euh,* puis répond : « Compris. »

Je mets fin à l'appel en essayant de me débarrasser de

mon sentiment de malaise. Je ne crois pas à l'intuition, mais quelque chose me dit que Charlie est en danger.

Ce qui me fait repenser à la mort de mon père. En y réfléchissant, je me suis souvenue d'un vieil ami de la famille, Sean Flack. Il a fait partie des Marines comme mon père, mais quand j'ai postulé à la CIA, ma mère m'a conseillé de l'appeler parce qu'il était devenu le directeur de l'agence. Je ne l'ai pas fait ; je n'aime pas l'idée de faire jouer mes relations pour décrocher un emploi.

Sean était présent à l'enterrement de mon père. Je me rappelle l'avoir vu consoler ma mère, vêtu d'un costume bien coupé. Par la suite, il a quitté l'agence pour se lancer en politique. Il est désormais sénateur.

Je cherche son nom dans la base de données de la CIA.

Statut : retraité. Dossier censuré. Comme celui de mon père. Sans surprise.

Accepterait-il de me parler ? Je ne sais même pas comment le contacter, mais s'il était proche de mon père, il m'accordera peut-être quelques minutes de son temps.

J'appelle son bureau. « Oui, ici Annabel Gray, la fille du major Jack Gray. Mon père et le sénateur Flack étaient amis dans les Marines. J'aimerais vraiment lui parler de la mort de mon père. Vous pourriez lui demander de me rappeler ?

— Je transmettrai votre message dès que le sénateur sera disponible.

— Merci. » Je laisse mon numéro et raccroche.

Si cette piste ne me mène nulle part, je ne sais pas vers qui me tourner. Je pense que je continuerai d'essayer de pirater le système. Ou alors, je me rendrai à Langley pour accéder aux dossiers sur papier.

Ouais, bien sûr. Comme si je savais comment effectuer un cambriolage dans la vie réelle. Je suis une gratte-papier, rien de plus. Un projet de ce genre nécessiterait les compé-tences d'un agent de terrain.

Les compétences de Charlie Dune.

Finalement, je suis peut-être prête à lui demander ce service.

Un message clignote sur mon écran. Un agent abattu à Tucson. Lucius Frangelico soupçonné du meurtre.

Bordel. Ça aurait pu être Charlie.

Dieu merci, je l'ai fait rentrer.

CHAPITRE TROIS

Charlie

Je roule jusqu'en Californie et rentre à mon petit appartement.

Les montagnes m'appellent. J'avais envie de muter et de courir à Tucson, mais je me suis contenu. J'étais en mission. Maintenant, sans rien à faire pour occuper mon temps, je n'arrive pas à penser à autre chose.

C'est soit ça, soit défoncer la porte de l'agente Annabel Gray, parce que je ne parviens à faire sortir ni son odeur de mon nez, ni les pensées cochonnes de mon esprit.

Merde. Je dois retrouver mon sang-froid.

Mon téléphone clignote, un appel entrant. Le portable à carte d'Annabel. « Dune à l'appareil.

— Charlie ? » Annabel semble essoufflée, apeurée.

Mes sens deviennent immédiatement dingues : j'ai une montée d'adrénaline, de la chaleur m'envahit. Mes cellules essaient de se réorganiser comme si mon corps voulait prendre sa forme de loup. Je respire profondément et refoule la pulsion de toutes mes forces.

« Annabel ? Tu es où ? » Elle avait des traceurs pour me localiser, que j'ai désactivés en abandonnant la mission, mais je n'en ai pas pour elle.

« Chez moi. On peut se voir ? »

Je suis déjà à la porte, je cours vers mon véhicule. Un million de scénarios me passent en tête. « Tu as une arme ? Tu es en sécurité ? »

J'entends son inspiration tremblante, mais sa voix est calme quand elle répond. « Oui et oui. Je crois. »

Je saute dans la camionnette et démarre, en me maudissant de ne pas avoir déjà changé de voiture. « Tu es seule ?

— Oui, mais quelqu'un est venu ici. » Sa voix monte dans les aigus sur le dernier mot.

« D'accord. Assieds-toi là où tu peux voir toutes les issues et garde ton arme à la main, sans la sécurité. C'est compris ? Reste calme. C'est quoi, ton adresse ? »

Je suis soulagé d'apprendre que ce n'est pas loin de chez moi. « Je serai là dans vingt minutes. Rappelle-moi si tu entends ou vois quoi que ce soit.

— D'accord. D'accord, je le ferai. » Je ne supporte pas d'entendre son timbre terrifié.

Elle m'a téléphoné au lieu d'appeler les flics, ce qui me dit qu'elle est mêlée à une histoire louche, mais je m'en doutais déjà. Et si une agente de la CIA trempe dans quelque chose, c'est forcément du sérieux, parce que nous œuvrons déjà d'un côté discutable de la loi.

D'habitude, le danger me rend calme. Je suis le genre de type qu'ils envoient pour résoudre des crises dans les régions en guerre parce que je deviens presque serein sous la pression. Pourtant, imaginer Annabel en détresse me rend nerveux. Ou peut-être est-ce le foutu loup en moi ? Peut-être les deux. Quoi qu'il en soit, je dois fournir un gros effort pour retrouver mon calme.

J'arrive là-bas en quinze minutes, en roulant à tombeau ouvert sur les routes secondaires de la ville. Aucun véhicule ne semble posté en surveillance, mais ils pourraient être n'importe où : quelqu'un dans un appartement en face du sien, un passant. Je me gare à l'angle de la rue, prends une chemise de plombier et une boîte à outils dans le coffre pour donner le change, puis me dirige vers le bâtiment en adoptant un léger boitement.

Annabel habite dans une résidence en plein air, où les entrées de tous les appartements donnent sur un espace extérieur. J'emprunte l'escalier en béton sur le côté de l'immeuble en marchant à pas pesants, comme si j'avais mal à la hanche. Après avoir trouvé son appartement, je toque à la porte. « Plomberie CD », dis-je en espérant qu'elle comprendra que *CD* veut dire *Charlie Dune*. On a une phrase de code, mais sans trop savoir pourquoi, je n'ai pas envie de l'utiliser.

Mon ouïe récemment améliorée détecte du mouvement à l'intérieur. Elle doit être juste derrière la porte. Je soulève la visière de mon chapeau pour qu'elle puisse voir mes yeux à travers le judas, et elle m'ouvre avec un soupir audible. Elle tient dans sa main le pistolet fourni par le gouvernement et porte un costume deux-pièces, telle une femme d'affaires qui vient de rentrer du bureau.

« Vous avez une fuite, m'dame ? » J'entre et attends qu'elle ferme la porte. L'appartement est sens dessus dessous. Les livres ne sont plus sur les étagères, les placards ont été vidés. Ils cherchaient quelque chose. Dès que je suis à l'intérieur, je lâche la boîte à outils et sors mon arme. Même si je pense que l'appartement est vide, je vérifie à l'aide de mes méthodes traditionnelles et de mon odorat récemment affûté. J'attends d'être sûr que nous sommes seuls pour parler.

« Qu'est-ce qui se passe ? »

Malgré sa peur, elle reste totalement professionnelle. Je n'en attendais pas moins de l'agente Gray. C'est une jeune femme intelligente et compétente.

« Ils sont entrés par la porte d'entrée. Je l'ai trouvée déverrouillée. Charlie… regarde. » Elle me fait signe de la suivre dans la chambre et me montre un cadre photo posé sur son oreiller. Je crois tout d'abord que c'est elle avec son fils, puis je m'aperçois que la personne sur la photo est une femme qui lui ressemble ; sa sœur, donc.

« Des empreintes ?

— Je ne l'ai pas touché. Je n'ai rien touché. Je t'ai appelé tout de suite. »

Merde, ça ne devrait pas me donner l'impression d'avoir gagné trente centimètres.

Je repars vers ma boîte à outils et en sors le plateau avec les outils ordinaires pour révéler mon équipement plus spécialisé rangé en dessous. Je passe un pinceau sur la photo à la recherche d'empreintes, mais il n'y en a aucune. Même chose avec la poignée de porte.

« Qu'est-ce qu'ils cherchent ? »

La peur passe un instant dans son regard, mais elle secoue la tête. « Je ne sais pas. »

Un mensonge.

« Il manque quelque chose ?

— Non.

— C'est qui, sur la photo ? »

Des larmes apparaissent immédiatement dans les yeux d'Annabel. Elle se détourne pour les cacher. « Ma sœur Sarah et mon neveu Grady. Et, Dune… » Elle prend une inspiration hésitante. « Je n'arrive pas à les joindre au téléphone. »

Je la saisis par les épaules et la fais pivoter vers moi. « La photo est un avertissement. Qu'est-ce qui se passe ? »

Elle bat rapidement des cils, sa gorge se contracte.

« J'enquête sur un dossier. Une affaire personnelle. On m'a dit de laisser tomber.

— Et tu ne l'as pas fait. »

Elle secoue la tête.

« L'*agence* t'a dit d'arrêter. » Je veux être sûr qu'elle parle bien de la CIA.

« C'est ça.

— O.K., c'est une technique d'intimidation classique. » Je fais le tour de la pièce pour essayer de trouver d'autres indices. « C'est un avertissement, rien de plus. S'ils s'en étaient pris à ta sœur et ton neveu, tu le saurais. Ils sont quelque part. On doit simplement les trouver et les mettre en sécurité.

— D'accord. Très bien. » Les épaules d'Annabel se détendent, ses lèvres cessent de trembler. « Je suis contente de t'avoir appelé… vraiment contente. »

Je la regarde un moment avant de répondre. « Je serais là pour toi même si je ne te devais pas un service. Sache-le. Mais, Annabel ?

— Oui ? » Ses yeux gris rencontrent les miens.

« J'ai besoin de connaître toute l'histoire. Sur quoi tu enquêtes, qui est impliqué. »

Elle fait un petit pas en arrière et me tourne le dos. « C'est personnel. Tu n'as pas besoin de savoir pour protéger ma famille. »

Le grondement qui s'échappe de ma gorge me surprend. C'est un son animal. Je tire son bras et la force à se retourner.

« Ce n'est pas une mission. C'est personnel, pour toi comme pour moi. Tu ne peux pas te contenter de me dire le strict minimum. »

Elle pince les lèvres. Je ne pense pas que la couleur de ses cheveux soit naturelle, mais aucun doute, son tempérament de feu est sacrément bien assorti à ses belles boucles auburn.

« Ça te mettrait encore plus en danger. »

J'aboie un rire sec et m'approche d'elle, la faisant reculer jusqu'à ce qu'elle rencontre le mur. J'appuie mes mains près de sa tête et l'emprisonne entre mes bras.

« Il y a une chose que je n'accepterai pas de ta part, Annabel : les mensonges. »

Je jure que je vois ses pupilles se dilater, comme si elle était excitée plutôt qu'effrayée. Je ne sais pas si c'était mon intention, mais maintenant, ça l'est carrément. Je m'approche davantage, laisse la chaleur de mon corps l'effleurer.

« C'est toi qui es en danger, pas moi. Toi et ta famille. Ne fais pas comme si j'avais besoin de protection, mon cœur. Si tu veux mon aide, tu joues cartes sur table. Sinon, je me tire tout de suite. »

Ce n'est pas vrai. Aucune chance que je laisse Annabel sans protection alors qu'elle a des ennuis, mais j'espère qu'elle ne me connaît pas assez pour le savoir.

Je suis un agent spécial hautement entraîné. Je parle douze langues couramment et je connais vingt-trois manières de tuer un homme à mains nues. Mais rien dans ma formation ne m'a appris comment réagir quand Annabel attire ma bouche vers la sienne comme si sa vie en dépendait.

Cependant, personne ne pourra dire de moi que je suis lent à la détente. J'enlève son haut et son soutien-gorge en cinq secondes chrono pendant qu'elle prend ma lèvre inférieure entre ses dents. Elle remonte l'une de ses longues jambes autour de ma taille et frotte son sexe brûlant contre ma bite.

Bien sûr, j'envisage la situation sous tous les angles. Je ne suis pas idiot. Il pourrait s'agir d'une diversion pour me faire oublier mes questions. Ou pour une raison plus malveillante : toute cette histoire n'est peut-être qu'une stratégie pour m'attirer chez elle et me faire accuser d'un crime. Mais ses baisers ont un goût de désespoir, de besoin sauvage et déchaîné.

Si je peux me fier à mon instinct, je dirais qu'Annabel est bouleversée et qu'elle a besoin de se détendre. Et si je me trompe ? Bah, peu importe comment elle réagit, je me débrouillerai. J'ai littéralement réchappé à la mort des centaines de fois. Je prends ses seins dans mes mains et presse mon membre raide entre ses cuisses. Dès que son odeur emplit mes narines, le monstre en moi se jette contre les barreaux de sa cage.

Ses lèvres douces bougent contre les miennes, rapides et avides. Sa jupe est remontée jusqu'à sa taille et il ne reste qu'une culotte fine entre sa chatte délicieuse et moi.

« Tu as besoin que je te baise ? » Ma voix est rocailleuse contre sa gorge. Elle embrasse mon cou, mord mon épaule.

Soudain, elle secoue brusquement la tête comme si elle reprenait ses esprits. « Euh, je ne sais pas. » Elle est de nouveau mal assurée, maladroite et apeurée.

Non.

Je ne la laisserai pas se défiler. Elle attend quelque chose de moi, et je vais lui donner. J'empoigne ses fesses et la maintiens dans la position idéale.

Je lui grogne à l'oreille : « Si tu veux que j'arrête, dis *non.* Si tu ne le fais pas, je t'aiderai à oublier. À te détendre un peu.

— Oui, souffle-t-elle. Fais-moi oublier. Juste un instant. »

C'est tout ce dont j'avais besoin. Je la fais monter plus haut contre le mur jusqu'à ce que mes lèvres atteignent son téton dressé. Il *est* rose pêche, comme je l'imaginais, parfait et délicat. Je le suce jusqu'à ce qu'il durcisse, puis le relâche et lui donne un coup de langue.

Elle enfouit ses doigts dans mes cheveux, se cambre en gémissant. Sa respiration est rapide et elle pousse de petits cris à chaque expiration.

Et merde. C'est peut-être le moment d'être un animal. Je sors une capote de mon portefeuille à la hâte tandis qu'Annabel m'attaque avec sa bouche et ses dents.

« Bon Dieu, Annabel. Bon Dieu. » Je sors ma bite et déroule le préservatif dessus tout en la gardant plaquée au mur. À mon avis, ça demande plus de talent que n'en possède un mec lambda.

« *Maintenant*, Charlie. »

Oh, merde. Putain, j'adore l'entendre devenir autoritaire avec moi. Son accablement me déchire, m'emplit du besoin de la satisfaire comme aucun homme ne l'a encore fait. Mais je n'ai pas le temps pour ça. Je vais devoir rendre ce moment plaisant malgré mon ardeur débridée.

Je tire sa culotte sur le côté et la pénètre profondément en un coup de reins. Quand je l'entends pousser un cri étranglé, je me fige et réussis à me tempérer un peu. « Ça va ?

— *Continue*, Charlie. S'il te plaît. »

Bien, m'dame. Je n'avais pas besoin d'encouragement supplémentaire. Je la possède sans douceur contre le mur, la garde captive entre mes bras pour m'enfoncer plus profondément à chaque coup de bassin.

« C'est ça que tu veux, mon cœur ? »

Elle plante ses ongles dans le bas de mon dos et secoue la tête. « Plus fort. Plus fort. Fais-moi mal. »

Lui faire mal ?

Mon désir de répondre à ses attentes entre en conflit avec le gentleman du Sud en moi, le soldat respectueux. Le désir l'emporte… ou peut-être que c'est mon loup. Quoi qu'il en soit, je ne suis plus capable de me retenir. Je la baise si fort que je suis surpris que ses fesses ne créent pas un trou dans le mur, et elle tient bon. Elle accueille mes coups de boutoir déchaînés jusqu'à ce qu'elle rebondisse sur mon membre et hurle, puis me supplie en bredouillant des paroles incohérentes.

Je pétris son sein, pince son mamelon. Quand je le fais tourner entre mes doigts, elle jouit, un gémissement s'élève de sa gorge.

Je vole en éclats à mon tour et me vide profondément en elle.

On reprend notre souffle face à face, nos bouches se touchent, mais on ne s'embrasse pas. Je sens son cœur battre contre sa poitrine. Son parfum me consume. Même si je viens de la posséder, je ressens le besoin dément de frotter tout mon corps contre le sien, de la couvrir de mon odeur. De la marquer pour que les autres mâles se tiennent à distance.

Mais c'est dingue.

~

Annabel

La chambre tourne. Je suis étourdie à cause de l'orgasme. Ou peut-être à cause de la chaleur, je ne saurais dire. Heureusement, Charlie ne me lâche pas. Il me garde adossée au mur, son sexe toujours en moi alors que nous haletons pour reprendre notre souffle.

Ses yeux semblent de nouveau bleus, bien qu'ils ne soient pas éclairés par le soleil.

Je ne me sens pas coupable d'avoir couché avec lui alors que ma sœur et mon neveu ont disparu. Merde, au contraire, je peux même justifier que je l'ai fait *pour* eux. Je n'arrivais plus à réfléchir, j'étais rongée par la peur. J'en avais besoin.

Et si j'étais une personne calculatrice, ce qui n'est pas le cas, je dirais que me rapprocher de Charlie est une bonne idée pour m'attirer sa sympathie. Mais ce n'est pas pour ça que je l'ai fait.

J'ignore pourquoi *lui* l'a fait, mais ça m'est égal. Je ne lui demanderai rien de plus. Je ne m'attends pas à ce qu'il se mette en couple avec moi ; il ne pourrait jamais accepter. J'avais besoin de ce contact humain, c'est tout. J'avais besoin de ressentir son soutien de cette façon viscérale, cathartique.

Après quelques minutes, il s'écarte et me pose sur mes pieds. Mon cœur se serre légèrement quand il replace mon haut. Ça faisait très longtemps que personne n'avait pris soin de moi.

« Tu es prête à me parler, chérie ? » Il appuie son front contre le mien et retire la capote avec dextérité avant de refermer sa braguette d'une main.

Ce n'est pas vraiment une question, c'est une demande. Soit je parle, soit il se casse. J'adore son attitude, autoritaire tout en restant respectueuse.

« D'accord », dis-je d'une voix rauque.

Lorsqu'il va jeter le préservatif, je ressens intensément son absence. Je tiens toujours debout grâce au mur, mais plus rien ne me retient de glisser à terre et de me rouler en boule.

Mais il est de retour, me tend la main. Il me fait asseoir sur le canapé et rapproche le fauteuil pour s'installer en face de moi ; un interrogateur et sa détenue.

Non, ce n'est pas ça. Je suis réticente à lui avouer que mon père a potentiellement fait quelque chose de mal, mais ce n'est pas une assez bonne raison pour garder le silence. Il m'aidera. Je peux lui dire ce que je sais. Je passe mes doigts dans mes cheveux, qui doivent être un paquet de nœuds après nos frasques contre le mur.

« J'ai découvert que mon père travaillait pour la CIA. Je croyais qu'il était mort au cours d'une mission pour les Marines, mais c'était une couverture. Il participait à une opération au Salvador. »

Charlie m'observe, tout son corps paraît en alerte. Il est totalement immobile. Aucun mouvement, pas un geste, presque comme un prédateur juste avant qu'il ne bondisse sur sa proie.

« J'ai fouiné un peu, j'ai essayé d'accéder à des infos protégées… comme ce que j'ai fait à ta demande pour les labos incendiés, mais je n'ai pas réussi à apprendre grand-chose. Alors, j'ai pris mon courage à deux mains et j'ai passé des coups de fil. »

Charlie serre les lèvres. « Et ?

— J'ai appelé le directeur, M. Scape. Il m'a dit de laisser tomber. Que ce que je découvrirais risquait de ne pas me plaire. De ne pas remuer le passé, ce genre de trucs. »

Charlie ne bouge toujours pas.

« Le lendemain, j'ai reçu un appel de l'agente Tentrite. Elle m'a dit qu'elle engagerait des poursuites contre moi si je hackais d'autres dossiers internes. »

Il enregistre l'information et attend la suite. Ce mec n'est pas du genre à prononcer un mot inutile.

« Ce matin, j'ai laissé un message au sénateur Flack. Il a assisté à l'enterrement de mon père. Ils étaient amis. Il ne m'a pas rappelée. Quand je suis rentrée, j'ai trouvé ça. » D'un geste, j'englobe le salon retourné, puis la chambre avec le cadre photo. Des larmes brûlent à nouveau mes yeux, mon inquiétude pour ma sœur et mon neveu se ravivant de plus belle.

« Mais qu'est-ce qu'ils cherchaient ? Tu as imprimé quelque chose ? Transféré des fichiers ? »

Je frissonne. Le dire à voix haute rend la situation beaucoup plus réelle. « J'ai dit que j'avais trouvé un journal intime de mon père. Ce n'est pas vrai, mais je ne voulais pas avouer que j'ai piraté des dossiers. »

Charlie fait la moue et hoche la tête. « Donc, ils veulent le journal. Ils n'arrêteront peut-être pas avant de l'avoir.

— Il n'y a pas de journal ! » Je m'oblige à respirer profondément pour me calmer.

Mon portable sonne. Je pousse un cri en voyant le nom de ma sœur et fais glisser mon doigt sur l'écran pour décrocher. « Oh, mon Dieu, tu étais où ?

— Coucou, ma chérie ! dit-elle d'un ton joyeux. On est là ! J'ai vraiment hâte de découvrir Disneyland.

— Qu-quoi ?

— Quelle merveilleuse surprise ! Grady est aux anges. Merci d'avoir organisé ce séjour, mais j'aimerais que tu me préviennes à l'avance la prochaine fois. Je travaille sur un projet important au boulot et j'ai dû me faire porter pâle pour venir.

— Attends, vous êtes où ? » Je me lève, mon sac déjà à la main. Dune est sur mes talons et semble avoir entendu le moindre mot de la conversation.

« On est déjà à Anaheim. On a pris la navette jusqu'à l'hôtel, on a récupéré la clé de la chambre et on est allés directement au parc. Tu ne m'as pas dit de te retrouver devant le Space Mountain ? Pourquoi tous ces mystères, au fait ?

— Euh… donc là, tu es devant le Space Mountain ?

— Ouais, mais je ne te vois pas.

— Hum, oui, je ne suis pas encore arrivée, mais je suis en route.

— Dis-lui de se mélanger à la foule, murmure Dune.

— Ne m'attends pas. Faites des attractions, je t'appellerai quand j'arrive. D'accord ? Amusez-vous, je vous trouverai.

— Quand est-ce que tu comptes me dire ce qui se passe ? Pourquoi cette grosse surprise ?

— Allez-y ! » Je crie presque, puis me calme. Le téléphone de ma sœur est probablement sur écoute. Tout comme le mien. « On se voit vite.

— Bon, peu importe ! À très vite. » Sarah raccroche. J'agrippe le bras de Dune.

« Ils ont ma sœur. » Ma voix est étranglée.

« Non. Ils jouent avec tes nerfs. » Il secoue la tête et touche mon épaule. « S'ils voulaient leur faire du mal, ils l'auraient fait. C'est une combine pour t'effrayer. Ou alors, ils ont prévu de la garder en otage et de la libérer en échange du journal qui n'existe pas. »

Je rencontre son regard, mon cœur bat à tout rompre. « C'est de pire en pire, dis-je en un murmure. Et quand je t'ai appelé, je leur ai déclaré la guerre.

— Ouais. » Il hoche sombrement la tête. « On va retrouver Sarah et Grady avant eux. » Il me prend le portable des mains, le jette par terre et l'écrase avec son talon, démolissant l'appareil. « N'utilise que des portables sans abonnement à partir de maintenant. »

J'acquiesce.

« Pars en premier. Prends mes clés. Ma camionnette est garée dans la rue au sud du bâtiment. Monte dedans et roule jusqu'à la façade ouest pour me récupérer. Je te retrouve dans deux minutes et cinq secondes. »

Je me secoue pour ne pas rester ébahie par la précision de ses instructions. Il n'y a pas le temps de s'émerveiller. J'ai deux minutes et cinq secondes pour suivre ses ordres. Je sors en hâte de mon appartement et descends l'escalier. Parce que je suis paranoïaque, chaque personne que je croise me semble un agent qui me surveille — même la minuscule vieille dame qui promène son schnauzer nain.

Personne ne me barre la route. Je monte dans la camionnette, démarre le moteur et conduis jusqu'à l'ouest de l'immeuble. Charlie apparaît comme par magie et monte dans le véhicule. Il me guide à travers les rues de Los Angeles en direction d'Anaheim.

Je suis dans tous mes états, mais son calme et ses indications brèves me maintiennent saine d'esprit, concentrée. Il baisse le pare-soleil du côté passager et se sert du miroir pour regarder derrière nous.

« Tourne dans cette ruelle », m'ordonne-t-il sèchement.

Je m'exécute en ravalant un glapissement, les pneus crissent sur l'asphalte. « On est suivis ?

— Affirmatif. »

Il sort son arme et enlève la sécurité.

« Qu'est-ce que tu fais ? » La situation a dégénéré trop vite. Je sais que les fusillades et les courses-poursuites sont des choses qui arrivent, mais d'habitude, elles n'arrivent pas à *moi*. Il baisse la vitre et vise la voiture qui est entrée derrière nous dans la ruelle.

« Je les ralentis, c'est tout. » Il tire, le véhicule qui nous suit fait une embardée.

« Tourne à droite, reviens dans la rue principale. Mets les gaz. »

On nous tire dessus quand je prends le virage, mais aucune balle n'atteint notre voiture.

« Tu as blessé quelqu'un ? » Je sais que je n'ai pas l'air d'une agente de la CIA, mais je suis au bord de la crise de nerfs.

« Non, j'ai visé leur pneu. Je ne vais pas tirer sur un de nos agents à moins d'être sûr qu'il s'apprête à nous tuer. Et je ne pense pas que ce soient leurs ordres.

— Ç-ça pourrait être quelqu'un qu'on connaît. » Cette

pensée me donne l'impression de me noyer. Il ne s'agit pas d'un ennemi anonyme.

« Ouais. Je n'ai pas pu voir leurs visages, mais c'est aussi pour ça que je pense qu'on ne risque rien. S'ils avaient reçu l'ordre de tuer, on le saurait. »

Il parle avec une telle certitude que je ne peux que lui faire confiance. Il sait ce qui se passe. D'habitude, c'est lui qui traque les cibles.

Nous mettons une heure pour arriver à Anaheim. Je me gare et on sort de la voiture. « Tu sais ce qui est le pire dans tout ça ?

— Quoi ? » Charlie parcourt des yeux le parking, le parc, le moindre détail de nos alentours.

« Je promets à Sarah d'emmener Grady à Disneyland depuis que j'ai emménagé ici, il y a trois ans. Je ne l'ai jamais fait, et maintenant…

— Maintenant, ils vont bien. Tu auras l'occasion de les y emmener plus tard. »

Je me fie à son autorité tranquille et croise les doigts pour qu'il ait raison.

« Appelle ta sœur. Donne-lui un point de rendez-vous sans le nommer explicitement, si tu peux. »

Mes mains tremblent alors que je compose le numéro de ma sœur.

« Allô ? » Elle ne connaît pas le numéro du portable prépayé.

« C'est moi, je suis là. Retrouve-moi devant le manège qui m'a fait vomir quand on était petites. » Je raccroche avant qu'elle puisse répondre.

La lèvre de Charlie frémit. « Beau travail. » Il m'enlève ma veste de costume et ouvre ma chemise en faisant sauter tous les boutons.

« Hé ! » Je crie, mais je sais ce qu'il fait.

« Désolé. Je t'en achèterai une autre. » Il noue les pans

de la chemise au-dessus de ma taille, révélant mon caraco, puis il enroule ma jupe à la taille pour la raccourcir de plusieurs centimètres. Il me tend sa casquette de baseball. « Tu crois que tu peux cacher tous tes cheveux dessous ? »

Teindre ma longue chevelure en rouge sombre n'était pas la meilleure idée que j'aie eue. Beaucoup trop reconnaissable. Je rassemble mes cheveux en un chignon haut et mets la casquette. Elle est un peu trop petite pour contenir ma masse capillaire, mais au moins, ma tête est couverte.

« Tu as besoin de tes lunettes pour voir ? » Il fait un geste pour me les enlever, mais je m'écarte hors de sa portée.

« Oui. »

Il fait une nouvelle moue. « Tant pis. Garde la casquette baissée sur ton visage. » Il jette sa chemise de plombier dans la camionnette et se transforme en un séduisant père de famille de sortie à Disneyland, avec un T-shirt turquoise et un jean. Il nous achète des billets et on entre dans le parc.

« Je suppose qu'on va devant le Space Mountain ? » Il hausse les sourcils d'un air interrogateur et légèrement amusé. C'est agréable de le voir perdre son impassibilité de super agent. Je suis contente de savoir qu'une vraie personne se cache sous l'armure de guerrier.

Je laisse échapper un rire nerveux. « Non. Devant la Maison des Poupées.

— Pas possible, tu te fiches de moi. » Même si on discute d'un ton léger, on marche rapidement, presque au pas de course. Je le tiens par la main comme si nous étions un couple en rencard et il me sourit pendant que l'on accélère, donnant l'impression qu'il a hâte de me montrer quelque chose et non que des vies innocentes sont en danger.

Quel homme intelligent.

« Non. J'avais mangé trop de glace et j'ai pris un coup de chaud. J'ai vomi dans la barque. »

Charlie grimace tandis qu'il se déplace avec aisance à travers la foule. Il règne un grand vacarme dans le parc, nous sommes entourés par la musique et les gens, par des odeurs de pâtisserie et de transpiration. Dune nous emmène devant l'attraction en un temps record.

« Là ! » Je vois ma sœur et Grady devant l'entrée du manège. Sarah a les bras croisés et l'air agacée.

Charlie parcourt rapidement toute la zone des yeux. « Tu prends Grady. J'emmènerai ta sœur. On se retrouve à la camionnette dans dix minutes. »

J'ai les jambes qui flageolent, mais je me dépêche d'obéir. Bon, alors on se sépare. C'est un bon plan. Charlie se dirige déjà droit sur ma sœur.

« Sarah ! » s'exclame-t-il comme s'ils étaient de vieux amis qui ne se sont pas vus depuis longtemps. Il ouvre les bras. Juste avant qu'il ne l'étreigne, elle me regarde par-dessus son épaule, sourcils froncés.

« Coucou, Grady ! » Mon neveu me saute dans les bras. « Viens, je veux te montrer la meilleure attraction du monde.

— Je voulais faire le Splash Mountain, se plaint-il. Et on est sortis de la queue pour te retrouver ici. »

Charlie a déjà murmuré quelque chose à Sarah et l'en-traîne. Elle sait pour qui je travaille. Il est arrivé avec moi ; s'il lui a dit qu'elle est en danger, elle a dû le suivre sans faire d'histoires. Avec un peu de chance, je saurai convaincre Grady de faire de même.

« Grady, Grady, écoute. » Je m'accroupis pour le regarder dans les yeux. Il a huit ans et c'est un gamin intel-ligent. Il comprendra. « On a des ennuis. Quelqu'un en a après toi, ta maman et moi. J'ai besoin qu'on fasse comme si on allait monter dans une attraction, mais en réalité, je vais nous faire sortir d'ici le plus vite possible. Tu comprends ? »

Il pâlit, mais il opine du chef et commence immédiatement à trotter derrière moi sans rien ajouter.

Bon petit.

Je vois un type se décoller d'une rambarde et nous emboîter le pas.

Merde.

Je tire Grady dans un magasin de bonbons, puis on se faufile discrètement par la sortie de l'autre côté de la boutique.

L'homme nous suit toujours.

« Bon, Grady, quelqu'un nous suit. Tu as une idée ? » Les enfants sont bien plus intelligents que ne le pensent la plupart des gens. Ils ont parfois des idées qui ne viendraient jamais à l'esprit d'un adulte.

Il se met à courir à toute vitesse. Bon, en effet, c'est une idée. Je m'élance pour le suivre.

L'homme derrière nous se met également à trotter pour ne pas nous perdre de vue.

Grady fait des zigzags entre les groupes de touristes. Je le perds presque et dois accélérer pour ne pas me laisser distancer par ses jambes agiles.

On finit par arriver au milieu d'un énorme rassemblement et de… la parade de dix-huit heures.

C'est du génie.

Je ne sais pas si Grady nous a emmenés ici délibérément ou si c'est un coup de chance, mais c'est l'environnement parfait pour disparaître. Je continue à suivre mon neveu qui se penche pour fendre la foule, puis, par miracle, nous arrivons devant l'entrée.

« Bon boulot, mon petit gars. Par là. » Je lui indique la direction de la camionnette en espérant que Sarah et Charlie ont eu autant de chance que nous.

Quand j'approche du véhicule, Charlie est penché sur la voiture voisine. Et il embrasse Sarah.

Charlie

Un mec balaie le parking des yeux à une cinquantaine de mètres de nous. Au moment où j'embrasse Sarah pour cacher nos visages, Annabel arrive.

Pour info, elles sont peut-être sœurs, mais Sarah n'a ni le même goût ni la même odeur qu'Annabel. Mon corps n'a pas la réaction animale qu'Annabel déclenche. Ce qui signifie que mon désir n'est pas simplement une expression du loup en moi. Mon attirance pour elle va au-delà.

Sans cesser d'embrasser Sarah, j'approche un ouvre-serrure électronique de la portière de la Lexus contre laquelle elle est adossée. Si on veut avoir une chance de s'en aller sans être suivis, on ne peut pas prendre la camionnette.

Je m'écarte dès que la voiture se déverrouille et j'ouvre la portière. « Monte », dis-je à voix basse, du ton calme que j'emploie toujours pour donner des ordres en situation d'urgence.

Je prends le volant, parce que cette fois, on doit vraiment s'assurer que personne ne puisse nous filer. Et parce que je ne pense pas avoir besoin de me servir de mon arme. Merde, j'espère que je ne devrai pas sortir mon revolver à Disneyland. Je suis un excellent tireur, mais risquer la vie de gamins innocents me foutrait en l'air.

Annabel et Grady montent à bord quelques secondes plus tard. Elle s'assied sur le siège passager et me foudroie des yeux. Je me sers du même instrument électronique pour démarrer la voiture et sors du parking en surveillant ma vitesse afin de ne pas attirer l'attention.

« J'aime bien ta voiture, dit Grady.

— Ce n'est pas la sienne, grommelle Annabel avant de me regarder avec insistance. Tu viens d'embrasser ma sœur ?

— Ouais, vous vous connaissez, en fait ? demande Grady depuis la banquette arrière.

— C'était pour faire semblant, mon chéri, explique Sarah avec un faible rire. Parce que quelqu'un nous regardait. »

Les yeux d'Annabel lancent toujours des éclairs, et je dois avouer que ça m'excite. J'aime l'idée de l'avoir mise en colère, de pouvoir la rassurer. J'aime l'idée qu'elle soit jalouse.

Beaucoup trop.

Je ne sais pas ce que je fous avec cette femme, mais je suis dedans jusqu'au cou.

D'abord, je viens vraisemblablement de tirer un trait sur mon métier pour elle. Et je n'ai pas le genre de boulot dont on peut démissionner. Soit vous prenez votre retraite, soit vous partez les pieds devant. La CIA n'aime pas prendre de risques. Avec tout ce que je sais, je ne pense pas que l'agence me virerait et me laisserait refaire ma vie.

Je suis sûr qu'elle ne me laisserait pas faire, à vrai dire.

Mais comme j'ai les moyens de disparaître de manière permanente, ça ne m'inquiète pas trop.

Mon plus gros souci, c'est l'ampleur de mon attirance pour Annabel. Je dois décider quoi faire. Même si je ne perds pas mon emploi, ma vie ne me permet pas d'être en couple. Encore pire, je ne sais même pas si elle pourrait être avec moi sans risque.

Les loups métamorphes attaquent-ils les humains à la pleine lune ? C'est ce que racontent les légendes. Aucun doute, j'ai remarqué que mon agressivité et ma libido deviennent plus puissantes à chaque jour qui passe.

Je regarde Annabel en coin. Sa mâchoire est contractée, elle regarde fixement la route. « Je suis désolé, dis-je à voix basse. Je ne le ferai plus. »

Une expression surprise passe sur son visage, suivie de près par un joli fard.

« Séduire deux sœurs, c'est pas mon truc, c'est promis. » Je tends le bras et lui serre la main.

Je pense qu'elle a envie de rester en colère, pourtant ses lèvres se courbent en un sourire involontaire. Et ce que ce sourire me fait est incroyable. Je suis soudain pris d'ivresse, l'adrénaline m'emplit d'une joie que je ne m'autorise habituellement pas à ressentir.

Et la toucher me fait bander si dur que je dois remuer sur le siège pour apaiser ma gêne.

Toujours aussi observatrice, Annabel baisse les yeux sur mon érection, puis les relève vers mon visage. Son sourire s'élargit.

« Alors, quand est-ce que vous allez me dire ce qui se passe, bon Dieu ? » demande Sarah.

C'est vrai. Concentre-toi, Dune. Des vies sont en jeu.

Annabel se retourne pour lui répondre. « Charlie et moi, on travaille ensemble. On s'occupait d'une mission à Los Angeles qui a peut-être été compromise. »

J'entends un grondement grave et me rends compte qu'il vient de moi. Je l'interromps, mais Annabel me regarde avec curiosité.

Sarah attire Grady contre elle. Le garçon repousse sa mère.

« Vous êtes des espions ? demande-t-il.

— Oui, en quelque sorte, répond Annabel.

— Alors, les billets d'avion, le séjour à Disneyland…

c'était pour nous protéger ? Pourquoi ne pas m'en avoir parlé, tout simplement ?

— Ce n'est pas moi qui ai envoyé ces billets. »

Sarah blêmit et serre Grady dans ses bras en ignorant ses tentatives pour s'y soustraire. « Et maintenant ? » demande-t-elle d'une voix tremblante.

Je prends la parole. « Je vous emmène quelque part où vous serez en sécurité. Vous devrez rester là-bas jusqu'à ce qu'on résolve la situation avec Annabel. Jusqu'à ce que vous puissiez rentrer chez vous sans risque. »

Annabel me lance un regard reconnaissant qui fait tressauter mon membre.

Je les emmène dans mon chalet, au cœur de la montagne. C'est la planque la plus isolée que j'ai sous la main, et je pense pouvoir y laisser Sarah et Grady sans qu'ils ne risquent rien. Le seul inconvénient, c'est que je ne sais pas si je pourrai contenir le monstre en moi une fois dans la colline. Et j'ignore ce qui se passera si je rentre nu et couvert de sang après être parti chasser.

Je ne pense même pas à ma plus grande crainte, parce que je suis le genre de type qui refuse de se laisser bouffer par l'inquiétude. Mais au moindre signe que je pourrais être un danger pour eux, je devrai m'en aller. Peut-être même trouver un moyen de mettre fin à mes jours, ce qui va à l'encontre de tous mes instincts. Je suis programmé pour survivre à tout prix.

∿

Annabel

Charlie reste silencieux alors qu'il conduit sur le chemin en terre sinueux qui monte dans la montagne. Ou peut-être qu'il est toujours aussi peu loquace. Que je ne le sache pas paraît étrange. Je me sens très proche de lui alors que nous n'avons pas passé beaucoup de temps ensemble. Seulement de brefs moments au cours des années où j'étais son agente de liaison, et aujourd'hui. C'est tout.

La lune est à moitié pleine. Elle apparaît entre les arbres à mesure que nous prenons de la hauteur. On finit par arriver devant un petit chalet solitaire au milieu de nulle part. Il semble vieux et rustique, mais je vois une antenne sur le toit. L'intérieur est simple mais confortable. Je fais le tour des lieux avec Grady. Les placards contiennent assez de provisions pour un mois. Sur la route, Charlie s'est arrêté dans une épicerie pour acheter des produits frais ; du lait, des œufs, des fruits et du pain.

Je trouve des appareils fournis par le gouvernement équipés des dernières technologies sur un bureau contre un mur du salon.

Il n'y a qu'une seule chambre.

« Je dormirai sur le canapé. Vous pouvez dormir tous les trois dans le lit », dit Charlie comme s'il devinait mes pensées.

Je ne sais pas vraiment pourquoi je trouve cette idée si décevante. Qu'est-ce que je m'imaginais, que je recouche-rais avec Charlie pendant que ma sœur et mon neveu sont à quelques mètres de nous ?

Aucune chance. Je soupire.

Et puis, ce n'est pas un rencard. On est en mission.

J'ignore pourquoi Dune a choisi une planque aussi loin de tout. « Tu étais ici, quand tu m'as dit que tu avais passé la nuit hors de la ville ? »

Il me répond par-dessus son épaule tout en rangeant les provisions dans le réfrigérateur : « Ouais.

— Pourquoi ?

— J'avais envie d'être seul. Et j'aime bien… explorer le coin. »

Ça alors. Charlie Dune, amoureux de la montagne. Je n'en avais aucune idée, mais ça le rend encore plus attirant.

Il y a une télévision. J'imagine mal Charlie la regarder, mais il la branche et trouve le dernier *Star Wars* pour Grady, puis il me fait signe de le rejoindre près du bureau. Je le suis, parce qu'il faut que l'on ait une discussion.

Une fois près de lui, je chuchote : « Ma sœur et Grady…

— On ne leur dit que le nécessaire », complète-t-il à ma place. Sa proximité fait picoter ma peau. Même vêtu d'habits ordinaires, personne ne prendrait Charlie pour un civil. Il dégage trop de puissance, son corps musclé renferme trop d'énergie. « Je ne leur dirais jamais rien qui pourrait les mettre en danger. »

Je hoche la tête.

« Montre-moi tout ce que tu as sur cette affaire. »

Cette affaire.

Appeler ainsi la mort de mon père semble incongru, mais je suppose que le terme est approprié.

« Bon. Je sais que la mort de mon père coïncide avec la signature des accords de paix de Chapultepec qui ont mis fin à la guerre civile au Salvador. Comme tu as dû l'apprendre en cours d'histoire, notre gouvernement avait tout intérêt à laisser le pouvoir militaire en place en dépit de sa violence et de son mépris des droits de l'homme. Pendant mon enfance, on m'a raconté que mon père était un Marine en mission de sécurité rapprochée pour un membre du gouvernement américain et qu'il a été tué par un militant de gauche. Alors, quand j'ai appris qu'il est mort au cours d'une mission pour la CIA, j'ai commencé à fouiner. Quelle était la mission ? Comment est-ce qu'il est mort ? Je ne sais pas pourquoi j'ai besoin de savoir, mais… »

Charlie secoue la main. « Tu n'as pas besoin de te justifier avec moi. » Son ton suggère qu'il ne comprend que trop bien mon désir obsessionnel de découvrir la vérité. « Alors, qu'est-ce que tu as appris ?

— Absolument rien. C'est pour ça que j'ai appelé le directeur Scape. Et il… » Je serre les dents. Mon ventre se noue au souvenir de notre conversation.

Charlie m'observe avec attention. Comme s'il sentait que je préférerais passer cette partie sous silence, il dit sur un ton d'avertissement : « Raconte-moi tout.

— Il m'a laissé entendre que mon père s'est désolidarisé de l'agence et qu'il a fait des choses horribles. Il m'a conseillé de me souvenir de lui comme d'un héros et il m'a dit que si j'apprenais ce qui s'est réellement passé, je ne le verrais plus du même œil.

— Tu l'as cru ?

— Au début, oui. Mais sa façon de terminer par une mise en garde, en me demandant d'arrêter mes recherches… » Je mords l'intérieur de ma joue. « Ça a éveillé mes soupçons. Je me demande pourquoi l'affaire a été étouffée.

— D'accord. Et ensuite ?

— Il a voulu savoir comment j'ai appris que mon père était un agent infiltré. C'est là que j'ai inventé l'histoire du journal. Il m'a dit que c'était la propriété du gouvernement et que je devais l'apporter au bureau, alors je lui ai raconté que je l'avais déjà détruit.

— C'était une erreur. Si tu avais apporté un faux journal inoffensif, ou même promis de le faire, ils auraient sans doute laissé tomber. »

J'aspire ma joue entre mes dents. « Je pourrais encore le faire. Rappeler le directeur et lui promettre d'apporter le journal. Présenter mes excuses pour toute l'histoire. On me laissera peut-être garder mon boulot.

— Oui. C'est une possibilité. Elle comporte des risques.

— Lesquels ?

— On encourra sûrement tous les deux une mesure disciplinaire. »

Le remords me transperce le ventre. Il a suffi d'un coup de fil, d'une décision, et j'ai fait perdre son emploi à Charlie. Ainsi que sa liberté, potentiellement.

Et il ne s'en est pas plaint une seule fois, il ne l'a même pas mentionné.

« Les chefs d'accusation pourraient être inventés de toutes pièces ou exagérés. Assez pour nous mettre en prison et s'assurer qu'on ne cause plus de vagues. Ça dépend à quel point on te fait confiance et qui est prêt à intervenir en ta faveur. Et de combien ils ont peur que tu découvres la vérité.

— Et toi ? » Ma voix n'est qu'un murmure.

Il hausse les épaules. « Je leur suis utile. Je ne recevrai qu'une tape sur les doigts, surtout si je leur dis qu'on couche ensemble. »

Je suis presque sûre que mon visage perd toutes ses couleurs. Est-ce que… C'est pour ça que… ?

« Non, dit-il avec fermeté comme s'il avait entendu mes pensées. Je n'ai pas couché avec toi pour assurer mes arrières. Loin de là. » Il parle avec une telle assurance, une conviction si totale que je ne peux que le croire. Ma colère disparaît, ne laissant qu'une vulnérabilité à vif.

Mes fichues lèvres tremblent.

« Hé. » Il enfouit ses doigts dans mes cheveux, touche ma nuque et me fait lever la tête. Sa bouche effleure la mienne. « Je n'avais vraiment pas prévu de coucher avec toi. Je ne sais pas si c'était une bonne idée, mais je n'ai pas pu m'en empêcher. Ce que je ressens pour toi, c'est magnétique, animal. Il n'y a que toi qui aurais pu m'arrêter. Je respecterai toujours ton choix. J'espère que tu le sais. Et je t'aiderai dans tous les cas. »

Quelque chose se déplace dans ma poitrine. Je suis baignée d'une sensation de chaleur et de légèreté, comme des rayons de soleil après un orage. « Merci », dis-je en marmonnant. J'essaie de baisser le nez, mais Charlie ne me laisse pas faire. Il me maintient captive d'une main ferme, la douceur sur ses traits en opposition directe avec sa poigne de fer.

« Crois-moi, Annabel. »

Mes yeux s'emplissent de larmes. « Je te crois. »

Il possède ma bouche avec la même passion, la même ferveur que plus tôt. Ses lèvres bougent contre les miennes, elles me dévorent. « Tu es comme une addiction », murmure-t-il une fois qu'il m'a donné une leçon rigoureuse sur la soumission et que ma chatte est trempée.

Je me balance sur la chaise. J'ai besoin de jouir, mais ça n'est pas près d'arriver. Je sens le regard curieux de ma sœur depuis l'autre côté de la pièce. Et Grady est là, lui aussi.

Merde.

« Continue », ordonne-t-il. Il lâche mes cheveux comme si rien ne s'était passé. « Ce n'est pas tout, je me trompe ? »

Ma voix tremble un peu pendant que je lui parle de l'appel de ma supérieure et de son avertissement, puis du message que j'ai laissé au sénateur Flack.

« Tu lui as donné quel numéro pour te rappeler ?

— Celui du portable prépayé. » Je baisse les yeux vers mon sac.

La commissure de la bouche de Charlie se soulève. « C'est bien.

— Et maintenant ? J'appelle ma supérieure pour lui dire ce qui s'est passé ? »

Il a cette expression impassible, ce qui signifie qu'il se passe une tonne de trucs dans sa tête.

« Tu pourrais. Qu'est-ce qui se passera, d'après toi ?

— Elle me demandera de la retrouver quelque part. Elle me donnera un point de rendez-vous.

— Et ? » J'ai l'impression que Charlie ne pose la question que pour me pousser à trouver la réponse par moi-même, qu'il a déjà passé en revue tous les scénarios envisageables.

« Et, comme tu l'as dit, on risquera peut-être une sanction disciplinaire. Et je n'obtiendrai aucune réponse. Si je la contacte maintenant, je ne saurai jamais ce qui s'est passé. »

Il acquiesce.

Je contracte les mâchoires. « J'ai *besoin* de découvrir ce qui est arrivé. Ce qu'il ne veulent pas que je sache.

— Alors, on continue. » Le fait qu'il ait dit *on* et non *tu* me tire presque des larmes de gratitude. « Sarah et Grady sont en sécurité. On enquête sur les indices dont on dispose. Tu pourras toujours l'appeler plus tard. Fabriquer un faux journal et faire la paix. C'est une possibilité. Mais pas la seule. »

Je lui prends la main. « Merci. »

CHAPITRE QUATRE

Charlie

Grady se lève presque aussi tôt que moi. Il entre dans la cuisine aux premières lueurs du jour. Je parie que ça rend sa mère chèvre.

« Tu as faim ? »

Il hausse les épaules.

« Je prendrai ça pour un oui. » Je pose une boîte de Golden Grahams et un bol sur la table. « Mange des céréales. »

L'idée semble lui plaire. Quand il ouvre le paquet, les céréales se renversent sur la table, mais je ne dis rien. Je me contente de verser du lait dans son bol et de lui donner une cuillère. « Bon appétit.

— Merci », répond-il en fourrant une cuillérée dans sa bouche.

Sarah arrive ensuite tandis qu'Annabel part sous la douche. Savoir qu'elle est nue et qu'il n'y a qu'une porte entre nous me met à cran. La nuit dernière, le désir d'entrer dans la chambre pour jeter Annabel sur mon épaule était si puissant que j'ai dû sortir du chalet.

J'ai muté et passé presque toute la nuit à chasser. Je suis content d'avoir retrouvé mon chemin et d'avoir réussi à reprendre forme humaine avant l'aube.

Annabel voulait hacker la CIA hier soir, mais elle était épuisée après cette journée stressante. Elle s'y attèlera aujourd'hui.

Sarah s'approche de la fenêtre pour regarder dehors. « C'est magnifique, ici.

— Tu habites où ? » Je prends conscience que je n'en ai pas la moindre idée. Je sais seulement qu'elle est venue à Los Angeles en avion.

« En Oklahoma. »

La porte de la salle de bains s'ouvre et Annabel en émerge — vêtue d'une putain de serviette. Tout mon corps s'échauffe et il se passe un truc anormal avec ma vue. Mon loup essaie-t-il de sortir ?

Merde, qu'est-ce que ça signifie ?

« On peut sortir du chalet ? Je peux emmener Grady se promener ? »

Je fourre les mains dans mes poches pour cacher mon érection. « Ouais, aucun problème. Ça ne risque rien.

— D'accord. On sera de retour dans une heure, alors. » Elle se tourne vers Grady, qui s'est déjà levé et met ses chaussures. « Tu es prêt, mon grand ?

— Je suis prêt. C'est toi qui es longue. »

Elle passe une veste légère en levant les yeux au ciel et ils quittent le chalet.

Annabel m'appelle de la chambre. « Charlie ?

— Ouais ?

— Tu peux venir une seconde ? »

Je pose la main sur mon pistolet. Je n'ai ni senti ni

entendu d'intrus, cependant quelque chose dans sa voix me donne la chair de poule.

Puis je manque de tomber sur le cul.

Annabel Gray est à poil. Elle m'attire dans la chambre, se laisse tomber à genoux et déboucle ma ceinture.

Je marmonne un juron et respire à fond pour oxygéner mon cerveau, parce que tout mon sang vient de descendre dans mon entrejambe.

« Je voulais te remercier », susurre-t-elle en libérant mon membre gonflé.

J'enfouis la main dans ses cheveux humides. « Ah ouais ? » Si j'étais un gentleman, je lui dirais que ce n'est pas nécessaire, mais il m'est impossible de refuser ce cadeau. Pas après avoir passé toute la nuit à fantasmer sur ses lèvres carmin étirées autour de ma queue. Elle serre le poing autour de la base de mon sexe et donne un coup de langue sur mon gland, juste assez pour humidifier la peau tendue.

Je grogne. « Ne m'allume pas, putain. Je bande pour toi depuis que j'ai enlevé la capote la dernière fois. »

Elle lève la tête. Ses yeux gris rencontrent les miens, puis elle ouvre les lèvres et me prend entièrement dans sa bouche.

La bête en moi rugit et s'approche de la surface. Comme un enfoiré, je ferme la main autour de sa chevelure et m'enfonce dans sa gorge.

Elle a un haut-le-cœur, mais quand je veux m'éloigner, elle aspire mon sexe avec fougue.

« Oh bon Dieu. C'est tellement bon, putain. » Je donne des coups de reins, me délecte de la chaleur de sa bouche, de la sensation de sa langue qui glisse sur toute la longueur de mon membre, de la façon dont ses joues se creusent lorsqu'elle recule. « Annabel, ce n'est pas juste.

— Qu'est-ce qui n'est pas juste ? demande-t-elle en libérant mon sexe.

— Tu ne devrais pas pouvoir me faire ça. Ça devrait être illégal. Putain, c'est beaucoup trop bon. » Je bafouille comme un idiot. Ça ne me ressemble pas, mais je semble incapable de m'arrêter.

Je crispe le poing dans ses cheveux et donne des coups de bassin de plus en plus intenses. Mes yeux se révulsent.

Annabel fait de petits bruits autour de ma queue. Des bruits excités. Quand elle passe la main entre ses jambes, je gronde.

Elle a besoin de moi entre ses cuisses.

Tout de suite.

Je m'écarte et la soulève avec une force surnaturelle. En un clin d'œil, elle est allongée sur le lit. Je la tire vers moi jusqu'à ce que ses fesses soient au bord du matelas.

Elle écarte les jambes. *Qu'elle est belle.* Putain, si belle. Nue, voluptueuse et parfaite.

Une capote. Les pensées ont du mal à se faire entendre dans ma tête. Pourtant, je me débrouille pour sortir un préservatif de mon portefeuille et l'enfiler. Annabel mouille. Je le sais grâce à son odeur, mais je commence par frotter mon gland contre son sexe. Le trouvant aussi trempé que je l'espérais, je la pénètre.

Elle pousse un cri, se cambre vers le plafond.

« Annabel. » Ma voix est rauque. Je serre ses cuisses, la maintiens pendant mon assaut brutal. Je me retiendrais si je le pouvais, mais c'est impossible. Tout ce que j'ai appris dans ma jeunesse pour être un amant tendre et prévenant est oublié.

Je suis devenu le monstre, l'animal. Je ne peux que la posséder comme une bête sauvage.

Incroyablement, ça ne paraît pas déranger Annabel. Elle est même aussi déchaînée que moi, elle crie et empoigne les draps. Je saisis ses poignets et les lève au-dessus de sa tête tandis qu'elle fait onduler ses hanches et pousse un gémissement dévergondé. Je la lime si fort que ses fesses rebondissent sur le matelas, le lit se déplace à travers la chambre jusqu'à ce qu'il rencontre le mur de l'autre côté.

« J'dois te baiser. J'dois te baiser fort. » Je bredouille d'une voix caverneuse.

« Oui. Oui, Charlie. »

J'adore la voir s'offrir à moi, de la même façon qu'elle l'a fait dans son appartement : avec empressement, dans un abandon total. Ça m'excite, m'encourage à la prendre encore plus fort.

Et j'en veux plus, je veux tout. Un instinct profond issu de l'animal en moi veut revendiquer toutes les parties de son corps, chaque orifice.

Je m'écarte et la retourne en donnant une claque vigoureuse sur son cul.

« Oh ! » Son cri de surprise me fait bander encore plus fort. Il y a du lubrifiant dans le tiroir de la table de chevet. Je l'ai acheté la semaine dernière, quand je me suis branlé une vingtaine de fois en pensant à ma belle agente de liaison. Je tends le bras pour l'attraper et en badigeonne généreusement ma bite.

Mon cerveau me dit de ne pas le faire. J'essaie de me réfréner, mais le loup refuse d'écouter. Il veut la revendiquer. Il en a besoin, besoin à en mourir. Et, sans vraiment savoir pourquoi, posséder son cul est important. L'ultime putain de frontière.

Quand j'étale du lubrifiant entre ses fesses, elle sursaute et me regarde par-dessus son épaule. À ses yeux écarquillés, je comprends qu'elle n'a jamais été sodomisée. Je devrais m'arrêter. Lui demander la permission. En discuter.

J'essaie de parler, mais c'est du charabia. Un truc du genre « j'ai-besoin-de-baiser-ton-cul-je-peux-Annabel ? »

Je frotte déjà mon pouce contre son anus, je masse le petit cercle serré pour le détendre.

« Charlie ? » J'entends de la peur dans sa voix. De la peur dont je devrais me soucier.

À la place, je lui fais des promesses. « Ce sera bon, mon cœur. Je te promets que ce sera bon. »

Je fais entrer mon pouce en elle. Elle gémit et décontracte ses muscles pour moi.

« Bonne fille. Laisse-moi entrer. » Je la baise avec mon pouce jusqu'à ce que ses muscles se détendent et qu'elle soit habituée à la sensation, puis j'aligne mon sexe lubrifié avec son petit trou. « C'est bien, bébé. Prends ma bite. »

Elle geint, mais me laisse faire. Sans savoir comment j'y parviens, je progresse lentement, lentement, lentement. Centimètre après centimètre, je l'emplis et l'étire.

« Putain de merde, Annabel ! Putain ! » Je perds le contrôle, impressionné par sa confiance, son consentement total.

Voyant sa main remuer entre ses cuisses, je recouvre ses doigts des miens et caresse son clito pendant que je me déhanche derrière elle.

« Charlie… Charlie. Oh, Charlie !

— C'est ça, ma douce. Tu te débrouilles si bien. »

Sa chatte est détrempée. C'est un petit morceau de paradis, le plus brûlant et humide que j'aie jamais connu. Je donne une pichenette à son clitoris tout en pilonnant son anus.

Mes testicules se contractent, mes cuisses commencent à trembler.

« Oui, Annabel. Putain, oui ! » Je plonge trois doigts dans sa chatte au moment où je jouis, espérant lui donner autant de plaisir que j'en prends. Ses muscles qui palpitent contre mes doigts m'indiquent qu'elle jouit également.

Je délire. Je suis reconnaissant, satisfait ; pourtant, j'ai encore terriblement envie d'elle. Je recule, mais je n'en ai pas eu assez.

~

Annabel

Charlie me retourne encore une fois et serre mes cheveux dans son poing au sommet de mon crâne. Il tire pour me faire lever la tête et me donne un long baiser. Non, il me dévore plus qu'il ne m'embrasse. Il possède ma bouche, ses lèvres descendent le long de ma mâchoire, dans mon cou. Il mord mon épaule.

« Merde, Annabel. Je n'ai jamais ressenti ça avec personne. »

Cette phrase me met au bord des larmes. Cet aveu prononcé d'un ton bourru ressemble si peu à l'agent secret qui ne montre jamais ses cartes.

Moi non plus, je n'avais encore jamais ressenti ça avec personne. Je n'ai jamais connu ne serait-ce qu'un dixième de cette passion. Charlie est brutal, mais si sûr de lui. Ouais, je redoutais d'essayer l'anal, pourtant je lui ai fait confiance. Il est doué dans tout ce qu'il fait. Et aucun doute, il est également expert dans ce domaine.

Mon sexe et mon anus palpitent un peu, mais d'une façon délicieuse. J'ai pris autant de plaisir que lui… peut-être plus.

Sans lâcher mes cheveux, il s'écarte pour me regarder. J'adore être à sa merci. Savoir que son corps est une arme redoutable, qu'il est capable de me soumettre d'une myriade de façons. Il pourrait me briser la nuque d'un seul geste.

Mais il ne le fera pas.

Il est là pour me protéger. Il est possible qu'il ait sacrifié son travail pour moi. Merde, sa vie est probablement en danger aussi.

C'est pour ça que j'ai voulu profiter de l'absence de Sarah et Grady pour le remercier avec une pipe. Pas parce que je n'arrivais pas à me sortir de la tête sa façon éperdue de me prendre contre le mur la veille, ni parce que j'avais encore besoin qu'il m'aide à oublier.

« C'est marrant, dis-je en touchant sa joue, tes yeux ont l'air bleus. »

Il se fige une seconde, puis s'éloigne de moi en battant des cils. « Ah ouais ? Ceux de mon père changeaient aussi de couleur. » Sa voix est bizarre, mais quand il se retourne, il me prend dans ses bras et me soulève.

Il est impossiblement fort. Il me porte jusqu'à la salle de bains comme si j'étais une enfant et fait couler l'eau dans la douche. « Laisse-moi te nettoyer. » Ses yeux sont redevenus verts.

Je le regarde se déshabiller, en me mordillant la lèvre inférieure lorsque mon regard passe sur ses abdos musclés et ses pectoraux durs. Il est couvert de cicatrices : des blessures à l'arme blanche, des impacts de balles, des brûlures… Chacune ne fait qu'ajouter à la beauté austère de son corps de guerrier. Il jette le préservatif dans la poubelle et enlève son boxer.

Et, mon Dieu, son sexe se dresse pour moi. Comment est-ce possible si vite ?

Je reste muette et immobile tandis qu'il vérifie la température de l'eau. Mon orgasme m'a étourdie, je suis dans un état de stupeur induit par la satisfaction.

Il me tire avec douceur et entre dans la cabine de

douche après moi. Il ramasse le savon et le fait mousser entre ses mains avant de les passer sur mon corps. Elles descendent sur mes bras, remontent le long de mes flancs, passent sur mes seins.

Sa tendresse, qui était absente pendant le sexe, me stupéfie. Ses gestes sont empreints de respect, comme s'il vénérait mon corps sur l'autel de l'amour.

Non, pas de l'amour.

Je dois arrêter de penser ainsi. Nous avons baisé et nous nous sommes procuré des orgasmes incroyables parce que nous nous trouvons dans des conditions de stress extrême. Dans des circonstances normales, je n'aurais jamais couché avec quelqu'un de l'agence.

Mais ce n'est pas entièrement vrai non plus. Si j'avais su ce que c'est de me faire posséder sans délicatesse par Charlie Dune, je l'aurais supplié de me baiser à chacune de nos réunions. Je regrette presque toutes ces occasions manquées.

Il me fait tourner sur moi-même, nettoie la raie de mes fesses, entre mes jambes, mes cuisses. Il me caresse avec révérence, comme s'il savourait la sensation de ma peau, de l'eau et du glissement du savon. Quand il se redresse, il me prend dans ses bras et on reste immobiles sous l'eau.

« Tu trembles toujours, mon ange. »

C'est vrai. Mon corps frissonne après tout ce plaisir, mes jambes me portent à peine. Mais surtout, maintenant que le savon efface l'ivresse de l'orgasme, la réalité me frappe de plein fouet.

« J'ai peur, Charlie. »

Il repousse les mèches mouillées devant mes yeux et appuie son front contre le mien.

« Je ne laisserai rien vous arriver, ni à toi ni à ta famille. Je te le promets, Annabel. »

Je le crois, parce que Charlie Dune est une force de la

nature. Rien ne pourrait l'arrêter ou le détourner de son objectif.

« Merci, dis-je faiblement. Je ne pourrais jamais assez te remercier. C'est bien plus que ce que j'ai fait pour toi. »

Il m'embrasse, ses lèvres remuent contre les miennes, sensuelles et douces. « On est dans le même bateau, maintenant. On ne peut plus revenir en arrière. Je vais te protéger. D'accord ? »

J'acquiesce en silence.

Il coupe l'eau lorsqu'elle devient froide et sort le premier de la douche. Ses fesses sont une œuvre d'art : des miches musclées au-dessus de cuisses épaisses et puissantes. Il m'enveloppe dans une serviette et m'attire contre lui pour me donner un autre baiser.

« On va s'habiller, et on parlera de stratégie. »

Je suis réconfortée par le mot *stratégie*. C'est une chose qui peut occuper mon esprit d'analyse et me distraire de l'inquiétude qui me dévore.

Charlie

« Tu es sûre de vouloir le faire ? » Annabel s'assied devant l'ordinateur portable et fait craquer les articulations de ses doigts. Elle m'a expliqué qu'elle a pensé à une façon intraçable de pirater la CIA.

« De hacker notre employeur ? On ne touchera à rien. Mais si l'affaire a été étouffée, je veux le savoir. »

Sa lèvre inférieure a une légère moue. Ma belle et courageuse Annabel.

Mais elle n'est pas à moi. Je ne peux pas l'avoir, je ne peux pas la garder. Je m'éclaircis la gorge.

« D'accord. Montre-moi le dossier de ton père. »

— Tes désirs sont des ordres, lance-t-elle avec un petit sourire espiègle. Tu aimes vraiment donner des ordres, hein ?

— Tu ne sais pas à quel point. » Je suis distrait par ses doigts qui filent sur le clavier, fins et gracieux. Si je lui ordonnais de se retourner et de me toucher, ils seraient si…

« Charlie ? »

Je fouille dans ma mémoire pour entendre sa dernière phrase. « Non, je n'ai pas eu beaucoup de contacts avec l'agente Tentrite. » Je m'éloigne, pour regarder par la fenêtre et pour mettre de la distance entre nous. Ça ne fonctionne pas. Son parfum sucré aguiche mon nez jusqu'à ce que je l'imagine allongée sur le lit. Le cliquètement rapide des touches du clavier m'évoque à nouveau ses petites mains caressant ma… Putain, j'ai l'habitude d'être attiré par ma belle agente de liaison timide, mais ce que je ressens va au-delà du désir. C'est de l'obsession. Je redoute que ce soit en lien avec le monstre que je suis devenu.

« Tout a commencé quand j'ai posé des questions sur mon père. Plusieurs documents sont caviardés dans son dossier. J'ai essayé d'y accéder avec un niveau d'habilitation plus élevé, mais… » Elle se tait abruptement. Je reviens près d'elle.

« Quoi ? Qu'est-ce qui se passe ?

— Il n'est pas là.

— Tu es sûre ? Il a peut-être été déplacé.

— Non, je suis dans le code. Le fichier est là, mais les infos… elles ont disparu. »

Je lâche un juron.

« Effacées. Entièrement.

— Tu sais qui l'a fait ?

— Non, mais je suis sur le point de le découvrir. » Son ton est dur.

Je reste à ses côtés pendant qu'elle mène l'enquête. Un

pli barre son front et ses lèvres remuent doucement alors qu'elle fixe l'écran. Les minutes s'écoulent, mais je ne bouge pas. Je me tais pour ne pas la déconcentrer. Après la douche, elle a mis un T-shirt léger, assez ample pour qu'en me penchant, je puisse voir l'adorable naissance de…

Je me maudis en silence et force mes yeux à remonter vers le revêtement en bois sur les murs du chalet. Mon membre est dur comme la pierre, il tente de sortir de mon pantalon. C'est ridicule. Je n'ai jamais été aussi peu maître de moi-même. Mais je suis désormais prisonnier de mes… instincts primaires.

Quoi qu'il en soit, heureusement que je n'avais encore jamais couché avec Annabel. Je n'aurais plus servi à rien sur le terrain.

« J'ai trouvé, murmure-t-elle avec satisfaction.

— Qui ? » Je me penche par-dessus son épaule et résiste à l'envie de plonger mon nez dans sa chevelure. Des lignes de code remplissent tout l'écran de l'ordinateur.

« Le dernier accès a eu lieu tôt ce matin. À trois heures. J'aurais dû le hacker hier soir. »

Je serre son épaule. « Ce n'est pas grave. Tu étais épuisée. Tu ne pouvais pas savoir que quelqu'un accéderait au dossier de ton père à trois heures du mat'.

— L'utilisateur s'est connecté et a passé quelques minutes en ligne avant de l'effacer », continue Annabel d'un ton légèrement fébrile. Pour elle, ce n'est pas une mission comme les autres. C'est personnel. « Mais la personne ne pouvait pas effacer entièrement le dossier avec son niveau d'habilitation. J'ai retracé le profil de l'utilisateur jusqu'à une adresse email bidon. C'est un faux nom, mais j'ai l'adresse IP et… » Elle continue d'énumérer des étapes techniques jusqu'à ce que j'aie la tête qui tourne.

« En anglais, s'il te plaît.

— Pardon. » Elle me fait un petit sourire. « J'oublie que tu ne parles pas l'intello.

— Tu le parles assez bien pour nous deux. Qui a effacé le dossier, Annabel ? »

Elle blêmit un peu, mais répond d'une voix forte : « L'agente Tentrite. »

≈

Annabel

« C'est comme quand on était ados. » Je lève la tête pour sourire à Sarah, qui me regarde avec sévérité parce que j'ai bougé. Une paire de ciseaux à la main et une mèche de mes cheveux dans l'autre, elle raccourcit ma chevelure comme une coiffeuse professionnelle.

J'ai décoloré mes cheveux et ils sont désormais blonds, me donnant des airs d'épouse respectable. Sarah les raccourcit à présent jusqu'à mes épaules. « Tu te souviens quand tu as rasé un côté de mon crâne et que tu as teint ma frange en violet ? »

Sarah éclate de rire. « On était sûres que maman péterait un câble, mais elle n'a pas dit un mot.

— Ouais, je crois qu'elle n'avait pas besoin de le faire pour qu'on retienne la leçon. »

On retrouve notre sérieux. Le chagrin d'avoir perdu notre mère est encore frais, même après deux ans.

Ma sœur passe les doigts dans mes cheveux. « C'est plutôt extrême.

— Tu trouves que ça ne me va pas ?

— Si… j'ai juste du mal à me dire que ma petite sœur se teint les cheveux pour changer d'identité.

— Ce n'est pas si grave. » Cependant, mon ventre se

noue quand je pense à ce que Charlie et moi nous apprêtons à faire. « Tout se passera bien. »

Elle soupire. « Ne me mens pas. Je sais que ce sera dangereux. Tu ne veux même pas me dire ce que vous avez prévu.

— C'est pour te protéger. Hé ! » Je lui serre la main. « Je ne te mens pas. Je serai prudente. Et puis, Charlie sera là. Tu crois vraiment qu'il laisserait quoi que ce soit m'arriver ? »

Elle secoue la tête en se mordant la lèvre. Elle semble déjà moins inquiète. Quand je parle de Charlie, je vois l'admiration réservée aux héros briller dans ses yeux.

« Alors, raconte. » Bien que l'on soit dans la salle de bains et que Grady regarde *Les Indestructibles* au salon, Sarah parle à voix basse. « Vous avez baisé vite fait ce matin pendant qu'on se promenait ? »

Je lui souris dans le miroir et secoue les sourcils. « Ce n'était pas si rapide que ça. »

Elle me rend mon sourire. « Il était temps que tu…

— Tais-toi. »

On sait toutes les deux que ma vie sentimentale est non-existante. Malgré son statut de mère célibataire, ma sœur s'en tire bien mieux que moi dans ce domaine.

« Il est canon. »

Je me tortille sur la chaise, encore irritée de toutes les bonnes façons après ses attentions vigoureuses. « Ouais, c'est un fait.

— Alors, quoi ? C'est interdit ?

— Les relations entre les agents sur le terrain et les agents de liaison ? Je ne sais pas. C'est fort probable. Même si ça ne l'est pas, c'est tout sauf pratique.

— Parce qu'ils voyagent beaucoup ? Qu'ils vivent dangereusement ? » Au ton émerveillé de Sarah, on dirait qu'elle parle d'un personnage de *Mission impossible* et non du très réel — et très sexy — Charlie Dune. Avec un peu de chance, il ne peut pas nous entendre depuis la cuisine, où il engloutit son huitième repas de la journée tout en nous fabriquant de faux papiers d'identité. Il a même imprimé des cartes de crédit à nos nouveaux noms. Je ne savais pas que c'était possible, pourtant je travaille pour l'agence depuis dix ans.

« Enfin, je ne pense pas que ce soit interdit pour les agents de terrain. Ils ont le droit de faire presque tout ce qu'ils veulent, tant qu'ils réussissent leurs missions. Mais je pourrais être réprimandée. Je ne sais pas. »

Sarah a un sourire de conspiratrice. « Ça valait le coup ?

— Carrément. » J'ai envie de lui raconter. C'est ma sœur, après tout. Mais l'idée que Charlie puisse nous entendre est trop gênante. Je me contente d'arrondir les yeux en la regardant dans le miroir et de hocher lentement la tête comme si j'étais épatée.

Sarah étouffe un rire. « Donc, vous allez vous faire passer pour monsieur et madame comment, déjà ?

— Barnard. Brett et Melinda.

— Mindy Barnard », dit-elle, pensive. Elle s'accroupit pour se mettre à hauteur de mes yeux avant de couper ma frange. « C'est pas mal. Tu es née quand ?

— Le 13 mars 1986.

— Ton signe astrologique ?

— Euh... Poissons. Personne ne va me poser cette question. Je ne vais pas me servir de cette pièce d'identité pour essayer d'entrer en boîte de nuit. »

Elle hausse les épaules. « On ne sait jamais. Il vaut mieux prévenir que guérir. »

Je lève les yeux au ciel, mais en mon for intérieur, je suis contente que la situation l'amuse au lieu de l'inquiéter.

Charlie apparaît dans l'encadrement de la porte. Il

plonge son regard dans le mien, et je pourrais jurer que ses yeux redeviennent bleu glace. Ses narines s'évasent. « Merde », grommelle-t-il. Il secoue la tête comme un chien qui s'égoutte.

« Quoi ?

— Tu es... »

Je libère mes cheveux des mains de Sarah. « C'est horrible, c'est ça ?

— Non, répond-il d'un ton étranglé. J'adorais le roux, mais... » Il enfonce ses mains dans ses poches. « Ça te va bien. Vraiment bien. »

Je penche la tête sur le côté. « Tu préfères les blondes ?

— Non, je... » Il se tait. « Maintenant, oui », marmonne-t-il avant de sortir à reculons sans me quitter des yeux.

Après avoir secoué la tête une dernière fois, il disparaît dans la cuisine.

CHAPITRE CINQ

Charlie

Putain.

Ça m'a presque tué d'annoncer à Annabel qu'elle devait couper et teindre ses cheveux. Surtout alors que je n'ai pas encore réalisé mon fantasme : la prendre par-derrière en serrant son épaisse chevelure auburn dans mon poing.

Le rouge profond collait bien à sa personnalité, il était assorti à la grosse monture de ses lunettes et à son rouge à lèvres sombre, mais elle est absolument angélique en blonde. Elle dégage désormais une beauté naturelle. Et bordel, j'ai envie de l'attacher au lit et de la baiser jusqu'à ce qu'elle me demande grâce.

Je fouille dans la cuisine pour essayer d'apaiser mon désir avec de la nourriture. J'ai l'impression de ne jamais être rassasié.

Malgré un plat entier de spaghettis la veille, j'ai encore envie de viande rouge. J'ai déjà terminé les boîtes de chili dans les placards. Je sors de la sauce bolognaise et mange directement dans la boîte de conserve. Contrairement à ce que prétend la marque, le nombre de morceaux de viande est dérisoire.

J'ai beau manger, je reste nerveux. La lune s'arrondit un peu plus chaque jour et je ne sais toujours pas ce qui se passera quand elle sera pleine.

Merde, je ne tiens pas en place. Je veux sortir, courir… chasser.

Sinon, j'ai besoin de baiser à nouveau mon adorable agente de liaison. De lui faire hurler mon prénom jusqu'aux premières heures de l'aube.

Mais ce n'est pas possible.

Je rince la boîte vide et pose ma cuillère dans l'évier. Annabel vient de sortir de la salle de bains avec sa nouvelle coupe. « Je vais faire un tour, dis-je en marmonnant. Ne m'attends pas.

— Attends, quoi ? C'est un code ? Où est-ce que tu vas vraiment ? »

Foutue perspicacité des agents.

J'enlève mon T-shirt et vois ses yeux se poser sur mes pectoraux. « Je vais courir. On est restés enfermés toute la journée, je n'arriverai jamais à dormir si je ne me dépense pas un peu.

— En pleine nuit ? Bah, peu importe. Tu vois sûrement dans le noir, hein ? »

Si elle savait.

Je sors dans la nuit et enlève le reste de mes vêtements derrière le chalet. Je n'ai même pas besoin de me concentrer pour muter : ça arrive presque sans que je l'aie souhaité, ce qui m'amène à me demander si j'aurais pu l'empêcher.

Mes pensées s'effacent alors que je me mets à courir. Je galope sur la terre moelleuse parmi les parfums de sève, la truffe sur le sol à la recherche d'une piste à suivre.

Je ne sais pas combien de temps s'écoule. La distance et la direction n'ont plus d'importance. Lorsqu'une odeur hérisse mon pelage, je m'élance.

Un animal. Un cerf.

Un frisson d'excitation me traverse même si mon cerveau hurle : *ne tue pas Bambi !*

Ou sa mère. Peu importe.

Trop tard. Je fonds sur ma proie. J'attaque. Lui arrache la gorge.

Le reste est trop dégoûtant à relater.

Je suis un foutu monstre.

Je perds la notion du temps. Du lieu. De mon identité.

Tout à coup, je suis furieux ; j'essaie de rejoindre ce qui m'appartient, mais quelqu'un ou quelque chose m'en empêche.

Une porte close.

Je me jette contre le bois en grondant. Le chalet frémit sous mon poids.

Le hurlement d'une femme fait écho à quelque chose dans mon esprit. De la peur. C'est un cri de peur.

Ce n'est pas normal. Parce que c'est *ma* femelle qui se trouve à l'intérieur.

La mienne.

Et je ne peux pas… entrer… pour la revendiquer.

J'entends un son discret ; une fenêtre qui s'entrouvre. L'odeur de ma femelle devient plus forte.

Puis je reconnais vaguement un autre bruit : un revolver que l'on arme.

Le monstre recule. Avec horreur, je prends conscience d'où je me trouve. De ce que je suis en train de faire.

Mais avant que je puisse m'enfuir, Annabel fait feu.

Mon gémissement déchire la nuit. Je détale avant que mon cerveau n'en ait donné l'ordre.

Les arbres deviennent flous autour de moi, une douleur aveuglante me déchire le flanc.

Je m'effondre. Nu.

De nouveau un homme.

Bon Dieu de merde. J'ai failli les tuer.

J'ai essayé de pénétrer dans le chalet où se trouvent Annabel, Sarah et Grady.

Que serait-il arrivé si j'y étais parvenu ?

Un frisson me secoue.

J'ignore combien de temps je reste allongé, mais quand je finis par me lever, je constate que la blessure ne saigne plus. Une bosse de métal froid semble se trouver juste sous la surface de ma peau. Je presse la plaie entre deux doigts et fais sortir la balle.

Hum…

Donc, les loups ont une capacité de guérison surnaturelle. Je me frotte le front en reprenant la direction du chalet. Qui sait à quelle distance je m'en suis éloigné ?

Si Annabel et sa sœur n'avaient pas encore besoin de moi, je continuerais à courir, je m'éloignerais autant que possible de la civilisation et de tout endroit où je pourrais faire du mal à quiconque.

Je vais devoir m'enfermer pendant la nuit. Garder mes distances avec tout le monde.

Et j'ai intérêt à terminer cette foutue mission avant que la lune soit pleine. Je dois me tirer loin d'Annabel. Pour toujours.

Je suis dangereux pour elle.

Dieu merci, elle sait se servir d'un pistolet. Si je la menace à nouveau, elle pourra me neutraliser.

De manière permanente.

~

Annabel

Je serre le flingue entre mes doigts tremblants. La CIA n'enverrait pas un loup pour m'éliminer. On n'est pas dans un film de science-fiction. Ce n'était qu'un gigantesque loup agressif qui a dû sentir l'odeur de nourriture et a voulu entrer dans le chalet.

Pourtant, mon cœur continue de tambouriner contre mes côtes. La détonation de l'arme et le glapissement du loup sifflent encore dans mes oreilles.

Et Charlie est toujours dans la forêt.

Il saura quoi faire. C'est ce genre de mec. Il aura une arme sur lui, ou s'en improvisera une avec une branche ou un caillou. C'est un assassin professionnel, bon sang. Je n'ai pas de souci à me faire pour lui.

Comme si je pouvais m'en empêcher.

Sarah finit enfin par convaincre Grady d'aller se coucher. Quant à moi, je commence à flipper à cause de la longue absence de Charlie et de l'apparition du loup géant. Je garde le pistolet dans ma main.

« Je devrais peut-être aller voir.

— Tu es folle ? s'écrie Sarah. C'est comme ça que les gens se font toujours tuer dans les films.

— Et si Charlie a besoin d'aide ?

— On l'entendrait appeler. Pour le moment, je n'entends rien du tout, ni homme, ni loup. Alors… »

La porte s'ouvre en grand et Charlie apparaît. Il se penche vers le bois et examine les profonds sillons créés par les griffes du loup.

« Oh, Dieu merci ! » Je cours vers lui.

J'essaie de ralentir quand je le vois se crisper. Je me comporte certainement trop comme sa petite amie, comme si on était en couple. En m'inquiétant pour sa sécurité, je dépasse toutes sortes de limites.

Je m'arrête devant lui. Il me prend le pistolet des mains avec adresse.

« Qu'est-ce qui se passe ?

— Tu as entendu le coup de feu ? »

Un pli barre son front. Il referme la porte et la verrouille.

« Quel coup de feu ?

— Un énorme loup enragé a essayé d'entrer dans le chalet. C'est lui qui a fait les marques sur la porte. Je lui ai tiré dessus, mais il doit toujours être dans les parages. J'avais peur qu'il s'en prenne à toi. »

La bouche de Charlie ne forme plus qu'une ligne sombre. « Ne t'inquiète jamais pour moi. Vous allez bien, tous les trois ? »

Il attend que je hoche la tête pour s'approcher. « Je suis désolé de ne pas avoir été là pour vous protéger. »

Il m'attire dans ses bras. C'est exactement ce dont j'avais besoin, et bien que j'aie décidé de garder une distance émotionnelle, je me sens fondre contre lui. Ses bras forts sont comme les barrières de sécurité qui me protègent des montagnes russes de cette situation. Elle devient plus effrayante à chaque minute qui passe.

Lorsqu'il s'écarte, son visage a cette expression impassible. Je la connais, mais je ne sais pas précisément ce qu'elle signifie. « Où as-tu blessé le loup, Annabel ?

— À la hanche. Du côté gauche, dis-je à voix basse.

— C'est là que tu visais ? »

Je me pétrifie. C'est une question surprenante, presque comme s'il savait ce qui s'est passé. Sur la défensive, je réponds d'un ton sec : « Oui. »

Je peux encore entendre crier mon instructeur au cours de ma formation pour le port d'arme. *Ne tire pas si tu ne prévois pas de tuer. On n'est pas à la télévision. Ne tire pas dans les genoux quand ta vie est en jeu. Si tu n'es pas prête à tuer, ne sors pas ton arme.*

Je lève le menton et soutiens le regard insistant de Charlie. Je n'ai pas besoin qu'il me fasse la leçon. Il finit par soupirer.

« Tu sais ce que je vais dire. » Il me semble que j'entends de la compassion dans sa voix.

J'acquiesce.

Il touche ma joue, passe son pouce sur ma pommette. « Je suis rassuré de savoir que tu sais te servir d'une arme. » C'est tout ce qu'il murmure, m'épargnant un sermon.

Je lui décoche un regard reconnaissant.

« Allez, va dormir. On s'en ira avant l'aube. »

Même si on ne peut pas se coucher ensemble et qu'il n'y a rien de plus à dire, je suis déçue. Il pose la main dans ma nuque et m'attire vers lui pour déposer un baiser sur mon front.

Son geste me tire un léger sourire.

Ne t'habitue pas trop.

Cette idylle avec Charlie est temporaire. Si on s'en tire vivants, on se séparera une fois cette histoire terminée.

Néanmoins, j'aime ce qu'il me fait ressentir.

La sécurité et la protection que sa présence me procure.

Non, c'est bien plus que ça. C'est de l'attirance pure, de la fascination pour ses capacités mentales comme physiques et un attachement sincère.

Mais ça ne veut pas dire pour autant qu'un avenir est possible entre nous.

CHAPITRE SIX

Charlie

LE PORTABLE prépayé d'Annabel sonne pendant que nous descendons de la montagne. Elle consulte l'écran, puis rencontre mon regard interrogateur. « Washington. C'est peut-être le sénateur Flack.

— Réponds. »

Sa main tremble légèrement lorsqu'elle fait glisser son doigt sur l'écran pour accepter l'appel. « Allô, ici l'agente Gray.

— Bonjour, Annabel. C'est le sénateur Flack, vous m'avez demandé de vous rappeler. » Grâce à ma nouvelle ouïe surdéveloppée, je peux espionner toutes les conversations — y compris celle de la veille à propos de moi entre Annabel et sa sœur. Le sénateur semble amical et chaleureux, presque à la manière d'un grand-père.

« Sénateur, merci de me rappeler. Je sais que vous étiez directeur de la CIA au moment de la mort de mon père. Je me souviens vous avoir vu à son enterrement.

— Oui, c'est vrai. Votre père était un ami, Annabel. Il était employé sous mes ordres.

— Vous pouvez me parler de sa dernière mission ? »

Le sénateur garde le silence quelques instants. « Vous savez bien que non, Annabel. Vous ne devriez même pas me le demander. Cette affaire va au-delà de votre habilitation de sécurité.

— Oui, je comprends. Je voulais seulement savoir… enfin, ce n'est pas grave. Vous avez raison. Je ne devrais pas poser de questions.

— Annabel, votre père est mort en héros. Il a servi son pays. Qu'il ait travaillé pour le compte des Marines ou de la CIA ne fait aucune différence.

— C'est vrai. Merci de m'avoir rappelée, monsieur. »

Il ajoute quelque chose sur la nécessité de garder la nation forte contre nos ennemis, son cheval de bataille principal quand il est en campagne pour se faire réélire. Ce ne sont que des formules creuses de politicien, mais sa façon de les déclamer est convaincante.

« Annabel, vous êtes à Langley ?

— Non, monsieur. En Californie.

— Oh, quel dommage. Je vous aurais proposé de déjeuner ensemble à l'occasion. Je pourrais vous raconter des anecdotes sur votre père. »

Elle me regarde en coin. Je hoche la tête. Rencontrer ce type pourrait nous permettre d'apprendre plus d'informations. « En fait, je me rends au Capitole dans la journée. J'aimerais beaucoup déjeuner avec vous. Vous êtes libre demain ?

— Oui, ce serait parfait, répond-il d'une voix sonore. Appelez-moi demain matin, je vous donnerai une adresse.

— C'est d'accord, merci. » Elle raccroche. « Tu as tout entendu ? »

J'opine du chef. Je dois peut-être lui cacher un gros

secret, mais je ne mentirai pas à Annabel si je n'y suis pas obligé. Avec un peu de chance, elle pensera que mon ouïe excellente fait partie de mes compétences d'agent sur le terrain. « Il n'a pas l'air au courant de quoi que ce soit.

— Ouais. » Elle se mordille la lèvre. « Mais il était directeur de la CIA, à l'époque. Tu crois que l'affaire a pu être étouffée sans qu'il le sache ?

— Je ne sais pas, mais je suis sûr qu'on peut trouver des réponses si on continue à creuser. C'est ce que tu veux ? » J'ai remarqué qu'elle n'a pas insisté avec Flack. Elle est peut-être prête à abandonner.

Elle acquiesce, les yeux dans le vague.

Je lâche le volant d'une main pour prendre la sienne. « Hé, quoi qu'il arrive, tout se passera bien. On apprendra la vérité sur ton père.

— C'est ce qui me fait peur.

— N'appréhende pas la vérité. Tu es forte. Tu pourras la supporter.

— Merci, Charlie », murmure-t-elle. Merde, j'adore l'entendre prononcer mon prénom.

Ma bite aussi. Elle se dresse, prête à se mettre au garde-à-vous.

Du calme. Ce n'est pas le moment.

Je reprends la parole, pour attirer son attention et pour reprendre le contrôle sur mes pensées. « Alors, tu te sens prête ?

— Absolument. » Elle pouffe, mais c'est un rire nerveux. Grâce à mes nouveaux sens mutants, je sens la peur qui rayonne autour d'elle.

Elle n'est pas agente de terrain. Putain, quand mon loup était sur le point de défoncer la porte et de tuer sa famille, elle a tiré pour blesser et non pour tuer. Je n'ai pas l'habitude de remettre mes décisions en question, mais je connais un instant de doute.

« Je pourrais y aller seul. Tu n'as pas besoin de venir avec moi. »

Elle lève les yeux au ciel. « Je veux entrer dans le bureau de Tentrite pour voir ce qu'elle cache. Et puis, je ne te laisserai pas prendre des risques seul. Je m'en veux de t'avoir embarqué dans cette histoire, mais c'est trop tard. On fait équipe. Pour le meilleur et pour le pire. »

Pour le meilleur et pour le pire. J'espère que ça n'en arrivera pas là. Cependant, l'odeur de sa peur fait réagir mon besoin profondément enraciné de la protéger. D'être son refuge.

« Ça va être quasiment impossible. » J'ai un plan qui nous permettra de passer sous le radar, mais…

« J'adore les défis. » Sa voix est posée, son regard résolu. Elle a beau être effrayée, je ne la ferai pas changer d'avis.

Entre la lueur rebelle dans ses yeux et l'ivresse liée au danger imminent, mon sexe presse contre sa prison de tissu. Plus vite se sera terminé, plus vite je pourrai l'allonger et lui écarter les cuisses.

« Prépare-toi. » Je passe la vitesse supérieure et m'insère sur la route nationale. « On va entrer par effraction dans la CIA. »

∾

Annabel

CHARLIE DUNE EST UN FOU. C'est tout ce que je peux en conclure. Qui entre par effraction dans la CIA ? *Bon Dieu, je suis sur le point de m'infiltrer dans la CIA, c'est dingue !*

Quand j'ai compris que l'agente Tentrite avait effacé le dossier de mon père, j'étais prête à jeter l'éponge.

« *Pas si vite, m'a dit Charlie. Si Tentrite s'en est mêlée, ça ne peut être que pour deux raisons. La première, c'est qu'elle est mêlée à la carrière de ton père.*

— *Ce n'est pas logique, elle ne faisait pas encore partie de l'agence à l'époque.*

— *Donc, c'est l'autre raison. Quelqu'un lui a donné l'ordre de le faire.*

— *Qui ?*

— *C'est ce qu'on doit découvrir.* » *Une recherche dans le dossier de Tentrite n'a révélé aucun lien avec mon père.*

« *Bon, on peut complètement écarter la première possibilité, a maugréé Charlie. Maintenant, on se penche sur la seconde.* »

Ce qui nous a amenés au moment présent.

« Alors, qu'est-ce qu'on va faire ? » J'essaie de ne pas gigoter sur le siège de la voiture de location. On attend, garés sur le parking d'un centre commercial.

« On entre dans le bureau de ta supérieure. On cherche des indices pour savoir qui lui a ordonné d'effacer le dossier de ton père.

— Oui, je sais. » L'idée de commettre un acte d'espionnage contre mon employeur est la seule pensée dans ma tête depuis que Charlie en a parlé. « Je voulais dire, *comment* on va faire ça ?

— Fais-moi confiance. » Charlie sort de la voiture quand une camionnette sans signe particulier se gare à côté de nous. Un homme âgé vêtu d'une salopette en jean descend du véhicule. Un large sourire se dessine sur ses lèvres.

« Salut, Charlie. »

Il cogne son poing contre celui de l'homme. « Otis. Ça fait plaisir de te voir.

— T'étais où ?

— Par-ci par-là. Tu sais ce que c'est.

— Ouais, je sais. Bonjour », me salue Otis en me voyant approcher.

Charlie passe son bras autour de mes épaules. « C'est mon amie. Son père travaillait pour l'agence.

— Enchanté, enchanté. » Je remarque que Charlie ne lui a pas donné mon prénom.

« Tu as eu mon message ? demande-t-il.

— Oui. Je pense que ça marchera. En plus, une équipe s'occupe de cet étage ce soir en temps normal.

— Comment ? » J'étouffe un cri surpris. Combien de fois cet homme a-t-il fait ça ?

Mon expression choquée les fait rire. « Otis travaille ici », m'explique Charlie. L'homme ouvre la porte latérale de la camionnette et en sort deux bleus de travail identiques.

« Aujourd'hui, vous aussi », dit-il.

« On dirait un plan prémédité depuis longtemps », dis-je en un murmure à Charlie pendant que nous marchons dans un couloir. Après s'être infiltrés dans le bâtiment en se faisant passer pour des membres du personnel d'entretien, on se trouve dans le sous-sol de la CIA. Pas le genre d'action avec un grappin et une descente en rappel à la *Mission impossible* auquel je m'attendais. Un peu décevant, à vrai dire, mais assurément efficace.

« C'est utile d'être gentil avec les gens », répond-il sur le même ton. Il me tient une porte ouverte pour que je passe en poussant un chariot de nettoyage. On croise un homme en costume, qui rentre sans doute chez lui après une longue journée de travail. Son regard glisse sur nos uniformes et nos produits d'entretien comme si nous étions invisibles.

J'attends que l'ascenseur se referme derrière nous pour me tourner vers Charlie. « Sérieusement, tu savais que tu ferais ça un jour ? »

— Ça me paraissait une éventualité », répond-il avec un haussement d'épaules.

J'écarquille les yeux.

« Otis est un ami. Je lui ai rendu quelques services.

— Et comme par hasard, il travaille pour la CIA ?

— Avant, il travaillait sur le terrain. Il a été blessé, mais il ne voulait pas toucher sa pension d'invalidité et rester sans rien faire. »

Maintenant que j'y pense, j'ai remarqué qu'Otis boite légèrement. « Alors, il est devenu agent d'entretien ?

— Il aime garder un œil sur ce qui se passe à l'agence. S'assurer que les mecs hauts placés font ce qu'il faut pour leurs espions. Parfois, les types dans les bureaux ne sont pas aussi loyaux envers les agents de terrain qu'ils le devraient. Otis surveille ceux qui nous surveillent. » Charlie pose un doigt sur ses lèvres. « Ne dis rien à mon agente de liaison. »

Je le regarde un instant sans rien dire et essaie de deviner ce que j'ignore d'autre à propos de l'agent Dune, le soldat-espion. Et quels autres amis intéressants il a.

« Quoi ?

— Tu es différent de ce que j'imaginais. » Le voyant se raidir, j'ajoute : « Pas d'une façon négative. Je me souviens que quand je t'ai rencontré, j'ai pensé que tu étais un agent aussi doué qu'arrogant. Je n'aurais jamais pensé que tu acceptes d'aller aussi loin pour m'aider. Ni que tu connaissais un moyen de pénétrer dans les bureaux de la CIA par une porte dérobée.

— Je ne révèle pas toutes mes cartes. » Il replace une mèche de cheveux derrière mon oreille. « Et je choisis bien à qui va ma loyauté. » Son regard réchauffe l'espace entre nous, et l'air se raréfie dans la petite cabine. J'acquiesce en déglutissant.

Dès que les portes de l'ascenseur s'ouvrent à l'étage du bureau de Tentrite, Charlie prend les choses en main. Il part en tête dans le couloir en poussant le chariot, s'arrête devant la porte de ma supérieure et l'ouvre avec la clé confiée par Otis.

« Tu vois quelque chose qui ne semble pas à sa place ? »

Mon cœur cogne contre mes côtes tandis que je balaie la pièce des yeux. Je suis déjà venue ici pour des réunions de routine, mais ce que nous sommes en train de faire est totalement illicite. Nous avons été menacés, poursuivis, on nous a tiré dessus. Si on me trouve ici, il y a de grandes chances pour que le gouvernement me fasse disparaître de manière permanente. Non, je me fais peut-être des idées.

« Qu'est-ce qu'on risque, d'après toi ?

— D'après moi, on ferait mieux d'être partis avant que quelqu'un nous surprenne ici et qu'on ait la réponse à cette question. » Il me pousse avec douceur.

Ouais, je ne suis pas parano.

On cherche en silence après avoir enfilé des gants. Heureusement, ça colle avec le comportement d'agents d'entretien. J'époussette un peu sur mon passage, juste pour rendre notre couverture crédible. Tentrite a exposé toutes les récompenses qu'elle a gagnées. Des statuettes encombrent ses étagères, des trophées d'une compétition de volley à la fac. Je suis surprise qu'elle n'ait pas gardé ses médailles d'école primaire. Je les dépoussière en levant les yeux au ciel.

Charlie fouille le bureau. Quand je passe à côté de lui, il manipule le téléphone.

« Tu places un micro ?

— Ouais. » Il me montre la plaque minuscule. « C'est le dernier modèle fourni aux agents de terrain.

— Elle ne le reconnaîtra pas ?

— Seulement si elle pense à vérifier. Ce qui n'arrivera pas avant quelques jours, avec un peu de chance. On n'a pas besoin de plus. » Il a l'air si sûr de lui que je le crois.

« Tu as trouvé quelque chose dans ses dossiers ?

— Rien de notable. » Son expression change. « Quelqu'un arrive. Mets-toi en position. »

Je m'empare d'une raclette à vitre et d'une bouteille de produit, mon cœur battant à tout rompre. Dune disparaît sous le bureau ; trouver deux employés de ménage dans le même bureau éveillerait des soupçons. Je reste face à la fenêtre. Mes mains tremblent tellement que je manque de lâcher la bouteille deux fois avant d'asperger la vitre. La raclette cliquète contre le verre.

Du calme, Annabel. Tu peux y arriver. Est-ce bizarre que la voix mentale qui m'encourage soit celle de Charlie ?

Je tends l'oreille et finis par entendre des pas au bout du couloir. Charlie doit avoir une ouïe surdéveloppée pour capter un bruit si léger. Je suppose que c'est pour ça qu'il est agent de terrain, et pas moi.

Je fais le vide et me concentre pour me comporter comme la meilleure agente d'entretien au monde. J'asperge un peu plus de produit et trouve un rythme presque apaisant : essuyer, essuyer, asperger, essuyer, essuyer, asperger. Ça focalise mon attention jusqu'à ce que Charlie se relève.

« C'est bon, dit-il. Ils sont partis.

— Il était temps. » Je laisse mes bras retomber mollement, épuisée par l'effort de paraître normale. J'ai nettoyé la même zone de la fenêtre en boucle. Si j'avais dû continuer à jouer la femme de ménage, l'agente Tentrite aurait trouvé un trou dans sa vitre en arrivant le lendemain. « Qui sont ces tarés qui travaillent si tard ?

— Tu peux parler, se moque Charlie en continuant ses recherches dans le meuble à tiroirs. C'était quand, tes dernières vacances ? »

J'ai un pincement au cœur en me rappelant combien de fois j'ai parlé d'emmener Grady et Sarah à Disneyland, sans jamais organiser le voyage. Non, je n'ai rien fait d'amusant depuis… je ne sais pas. L'école primaire ?

Je me force à sourire. « Cette semaine. Il se trouve que j'ai passé un séjour détente dans un chalet en pleine forêt.

— Vraiment ? Ça a l'air flippant. »

Je suis sur le point de le contredire, mais je me souviens du loup gigantesque qui a tenté d'entrer dans le chalet. Je déglutis. Mes tripes se nouent, mais cette fois, ça n'a aucun rapport avec le fait que je furète dans le bureau de ma supérieure.

« Ce n'était pas si terrible. À part ce mec agaçant qui me tournait autour pendant que j'essayais de me relaxer. » Je lui jette un coup d'œil et vois l'ombre d'un sourire sur son visage.

« Un type agaçant ? Il pourrait te causer des ennuis.

— Je pense que je peux me débrouiller.

— À mon avis, il ne sait pas ce qui l'attend. »

Je me repenche sur mes recherches. Mon pouls s'affole, la joie me traverse en un bourdonnement. Je suis portée par l'adrénaline et je ne me sens plus nerveuse. Juste… étourdie.

Soit ça, soit je tombe amoureuse de Charlie, le super espion.

Il s'accroupit pour ouvrir un placard. « Bingo. J'ai trouvé le coffre. »

Je regarde la boîte noire par-dessus son épaule. Elle a l'air menaçante. « Tu peux l'ouvrir ?

— Il s'ouvre avec un système de reconnaissance vocale et digitale. » Il me montre le capteur d'empreintes. Mes épaules s'affaissent.

« Merde.

— Attends. Ne perds pas espoir tout de suite, murmure-t-il en plongeant la main dans sa poche. Otis nous a fait quelques cadeaux. » Il place un tissu noir sur son index et l'approche du capteur.

« C'est son empreinte digitale ?

— Récoltée ce matin. » Il appuie son doigt recouvert du tissu sur la plaque et attend qu'un signal sonore retentisse en me faisant signe de garder le silence. Il fait apparaître un appareil long et fin d'une couleur argentée dans sa main gauche. Lorsqu'il appuie sur le bouton, la voix de l'agente Tentrite prononce distinctement son nom et son prénom.

Je retiens mon souffle jusqu'à ce que le coffre s'ouvre avec un déclic.

« Jackpot », marmonne Charlie. Il sort des dossiers par poignées, en met quelques-uns de côté et me donne le reste.

En silence, on les compulse l'un après l'autre. Charlie m'interrompt et referme le coffre chaque fois qu'il pense avoir entendu quelqu'un approcher. Même si je n'entends rien, j'obéis. Il a vraiment des sens surdéveloppés. Des sens de super espion.

L'aiguille de l'horloge tourne au-dessus de nos têtes pendant qu'on examine les documents. Je lui rends chaque dossier après l'avoir consulté et Charlie le replace avec soin dans le coffre. Je lui fais confiance pour se souvenir exactement comment il était organisé.

Quand il cesse de respirer une seconde, je lève la tête. « Tu as trouvé quelque chose ?

— Non. »

Zut. « Je suppose que c'était trop espérer, de tomber sur un dossier titré *Conspiration, ne pas lire.* »

Le coin de la bouche de Charlie se soulève. « Ce serait pratique. Mais je ne sais pas pourquoi, je pense que ta supérieure est plus circonspecte. »

À cet instant, je découvre un dossier rangé à l'intérieur d'un autre. Mon cœur s'accélère alors que je le sors avec des doigts tremblants. Charlie se retourne en entendant mon cri étouffé.

« C'est celui de mon père », dis-je, confirmant ses soupçons. Je meurs d'envie de le fourrer dans la poubelle de notre chariot et de trouver une pièce mieux éclairée pour le lire.

« Tiens. » Charlie prend le contenu d'un autre dossier et l'échange avec celui de mon père.

« Elle ne s'en rendra pas compte ?

— Si on a de la chance, non. » Charlie jette le dossier dans la corbeille et me donne le sac poubelle. « On n'a besoin que de quelques jours. On y va. » On quitte le bureau.

« Hé ! » Un homme en costume au visage prématurément ridé s'approche de nous. Ses chaussures couinent à chaque pas.

Je ravale un petit cri et décroche la serpillère du chariot. « Oh ! Euh, oui ?

— Depuis quand les agents de nettoyage travaillent par deux ? »

La posture de Charlie change. Il s'avachit et s'essuie le nez du dos de la main. « J'la forme. » L'inflexion de sa voix est totalement différente, teintée d'ennui et d'agressivité. « Otis avait pas le temps. »

Le type nous lorgne de la tête aux pieds avec une attention qui me noue le ventre. Même si on arrive à sortir d'ici, il se rappellera nos visages. Nous serons facilement identifiés.

« Ça me dérange pas de former les nouveaux. On va plus vite. C'est plus sympa que de travailler seul, vous voyez. » Charlie replace ses testicules à travers son uniforme épais et renifle bruyamment.

Le dégoût déforme le visage de l'agent. « D'accord. Bon, reprenez le travail. »

Je lâche volontairement la serpillère comme si j'avais deux mains gauches avant de la reposer sur le chariot. « On va où, maintenant ? »

Du menton, Charlie m'indique le bureau adjacent. J'attends pendant qu'il le déverrouille. On entre dans la pièce et il referme la porte. Je le regarde avec de grands yeux.

Il lève un doigt, suit des yeux l'homme qui s'éloigne jusqu'à ce qu'il entre dans l'ascenseur. Dès que les portes se ferment, on pousse un soupir. Ou peut-être que je soupire assez fort pour nous deux, je n'en suis pas sûre.

« On a eu chaud. Tu crois qu'il soupçonne quelque chose ? »

Charlie ouvre la porte. « Je ne sais pas. On ne va pas rester pour le confirmer. » Il me pousse vers l'ascenseur.

Je pensais qu'on regagnerait le parking sans attendre, mais il presse le bouton de l'étage supérieur.

« Où est-ce que tu vas ? » Je le suis dans un couloir sombre en me mordant l'intérieur de la joue pour me retenir de lui rappeler que je n'ai pas sa vue perçante. Dans l'obscurité, je le vois s'arrêter devant un bureau et entrer. « Oh non, tu plaisantes ? »

La plaque sur la porte indique *Directeur Edward Scape*.

« Charlie, dis-je d'un ton sifflant alors qu'il se déplace dans le noir. Tu ne peux pas mettre le directeur sur écoute. »

Il est ressorti en un temps record. Ses lèvres effleurent ma tempe quand il passe à côté de moi.

« Je viens de le faire », murmure-t-il.

On est à mi-chemin de l'ascenseur lorsque celui-ci sonne. Avant que les portes ne s'ouvrent, Charlie me plaque contre le mur et m'embrasse avec fougue. Je tente de le repousser en comprenant que quelqu'un arrive dans notre direction, mais la langue de Charlie entre dans ma bouche et j'oublie tout. Éperdue, je me colle contre lui et gémis tandis que son membre durcit contre ma cuisse…

Je sursaute quand la lumière s'allume. Charlie détache sa bouche de la mienne sans me lâcher, son corps orienté de façon à me masquer le plus possible à la vue du gardien en uniforme qui s'est arrêté devant nous, sourcils arqués.

Charlie esquisse un sourire charmeur. « Désolé, mon pote. Otis nous a envoyés chercher un truc et… » Quand il me jette un coup d'œil, une onde de chaleur me traverse et réchauffe mes joues. « J'ai vu une occasion et j'ai saisi ma chance. Je me suis laissé emporter.

— Je peux voir une preuve de votre identité ? »

Oh, merde.

Charlie sort un badge avec sa photo et un faux nom. Pendant que l'homme l'examine, il en fait apparaître un autre pour moi d'un tour de passe-passe.

Je ne respire plus. Je ne bouge pas un muscle.

« Vous devez pas rester là. » Le gardien fronce les sourcils d'un air sévère, mais il semble se retenir de sourire. « Passez une bonne soirée. »

Charlie tourne la tête vers moi avec une expression évocatrice. « Je vais essayer. » Ils partagent un petit sourire entre hommes, et le type s'éloigne.

À cet instant, je suis prête à sauter sur Charlie et à lui arracher ses vêtements.

Ce super agent sexy. Le voir garder son calme dans n'importe quelle circonstance me rend folle.

CHARLIE

ON ARRIVE devant l'ascenseur quand je me rends compte que je n'ai pas totalement fermé la porte du directeur. L'ascenseur prend tout son temps pour arriver. Il est presque à notre étage lorsque le gardien voit la porte du directeur et tourne la tête dans notre direction. Il hésite, comme s'il doutait de son intuition. Deux agents de nettoyage qu'il n'a jamais vus à un étage dont l'accès est réglementé, qui n'ont nettoyé qu'un seul bureau avant de partir ? Il commence à assembler les pièces du puzzle. Je vois sur son visage le moment où nous sommes grillés. Il sort son arme.

« Hé ! Ne bougez plus. »

Les yeux écarquillés, Annabel lève les mains.

« Un problème, mon gars ? » Je feins la surprise. Il ne braquerait pas son revolver sur nous s'il n'avait aucun soupçon.

« Restez là, ordonne-t-il. Je vais vérifier quelque chose. » Sans baisser son flingue, il sort un talkie-walkie. Je ne peux pas le laisser faire.

Je pousse Annabel derrière le chariot de nettoyage.

« Plus un geste ! » crie le gardien en lâchant le talkie-walkie.

J'ai traversé le couloir avant qu'il ne fasse feu. Je dévie son bras juste au moment où il tire.

Merde. Un écho douloureux résonne sous mon crâne après le coup de feu, conséquence de mon ouïe sensible. Derrière le chariot, Annabel couine.

« Reste à couvert. » Je renverse l'homme, me saisis de son arme et lui casse le bras. L'os se brise avec un craquement.

L'ascenseur sonne. Je ne peux pas prendre le risque que les portes s'ouvrent et que quelqu'un voie cette scène.

Avant que le gardien ne se soit effondré au sol, je suis de retour auprès d'Annabel, rapide comme l'éclair. Un autre cadeau du monstre.

« Par ici. » Je lui prends la main et l'entraîne vers le fond du couloir. Le gardien est inconscient, son crâne a cogné contre le sol lors de sa chute. Sinon, il aurait hurlé quand son os s'est brisé. J'enroule un pan de ma chemise autour de ma main pour ouvrir la porte de l'entresol et fais entrer Annabel dans la cage d'escalier. « Allez. »

On descend les marches à toute allure. Une main sur la taille d'Annabel pour la retenir si elle trébuche, je sors mon module de communication. Mon ami répond.

« Allô ?

— Otis, on est grillés. Des coups de feu ont été tirés. Appelle la police.

— Compris. » Sa voix est calme.

En voyant Annabel chanceler, je la soulève et presse le pas. Je suis tenté de sauter par-dessus la rambarde pour nous éviter la descente des derniers étages. Avec mes nouvelles capacités physiques, je n'aurais probablement aucun mal à le faire.

Je résiste à cette envie. Une fois en bas des marches, je pose Annabel sur ses pieds.

« Cet homme… est-ce qu'il est mort ? »

Je fouille dans ma mémoire ; la poitrine du gardien se soulevait à notre départ. « Il va bien.

— Je n'avais jamais vu quelqu'un se déplacer aussi vite. » Elle semble si secouée que je tends le bras vers elle, puis j'hésite. Pas Annabel. Elle s'accroche à moi. Elle n'est pas au courant de l'existence du monstre, mais ça ne durera peut-être pas. Il m'est de plus en plus difficile de le dissimuler.

« Désolé.

— Pourquoi ? Tu m'as sauvé la vie. » Elle grimace. « On dirait que personne n'a jamais dit à ce type qu'il vaut mieux poser des questions avant de se mettre à tirer. »

Je ne dis rien, me contente de la serrer dans mes bras. Après un moment, elle s'écarte d'elle-même. Mes poumons sont emplis de son odeur intense. Son parfum sucré m'évoque des bonbons. Les effluves de sa peur ont disparu, remplacés par une émotion qui surpasse toutes les autres : le désir.

« Si je suis super excitée, tout de suite, ça craint ? demande-t-elle avec un regard scintillant.

— C'est l'adrénaline. C'est un effet secondaire courant. » Je suis à un cheveu de la plaquer contre le mur et de la baiser si fort qu'elle ne pourra plus marcher pendant une semaine. Si j'en crois son odeur, ça ne la dérangerait pas.

Une pensée me vient. « Merde, tu as le dossier ? »

En souriant, Annabel ouvre sa salopette, juste assez pour me montrer la chemise cartonnée glissée sous son haut.

« Bonne fille. » Annabel serait peut-être efficace sur le terrain, mais je ne pourrais pas travailler avec elle. Je n'arrive pas à réfléchir en sa présence, surtout si elle est en danger.

« Et maintenant ? » Elle me regarde avec tant de confiance… comme si j'étais un héros.

J'espère que l'on apprendra bientôt la vérité sur son père. Avant qu'elle ne découvre ce que je suis réellement.

Je passe devant elle et pousse la porte avec un panneau *Issue de secours seulement — reliée par alarme.* Celle-ci retentit immédiatement. Quelques secondes plus tard, elle se mélange aux sirènes des véhicules de police qui remplissent peu à peu le parking. Les gyrophares colorent de bleu et de rouge les personnes qui évacuent le bâtiment.

Un bras autour de sa taille, j'escorte Annabel à l'extérieur et on se mêle aux employés consternés et curieux.

« Une fausse alarme ? demande l'un.

— À mon avis, c'est juste un bug, répond un autre. Ces équipements sont trop sensibles, ils ont toujours des défaillances. »

Du coin de l'œil, je vois Otis arriver au volant de sa camionnette. Il s'arrête en bordure du parking, dans la pénombre. Au milieu du chaos et de la confusion, personne ne prête attention à Annabel et moi alors que nous nous éloignons en direction du véhicule et disparaissons dans la nuit.

CHAPITRE SEPT

Annabel

Je commence à déshabiller Charlie à l'instant où on entre dans la chambre d'hôtel. Son grondement est animal. Il m'arrache ma chemise, baisse les bretelles de mon soutien-gorge et laisse tomber le contenu du dossier de mon père sur la moquette. J'ai beau avoir terriblement envie de le lire, le désir fait bouillir mon sang. *Ici. En sécurité. Charlie.*

À en juger par son membre gonflé qui presse contre mon ventre, Charlie est sur la même longueur d'onde. Je colle mes lèvres aux siennes pendant qu'il me fait marcher à reculons vers le lit. Un grondement grave s'échappe de sa gorge en continu.

J'ouvre sa braguette pendant qu'il déboutonne sa chemise et s'en débarrasse.

« Déshabille-toi », ordonne-t-il. Comme si je ne m'y affairais pas déjà. « J'ai besoin de te voir nue. Mainte-nant. » J'adore entendre l'autorité et l'urgence dans sa voix.

En un éclair, je suis à poil et allongée sur le dos, mes

jambes écartées. Charlie tombe à genoux et attire ma chatte mouillée vers sa bouche.

« Tu as besoin que je t'embrasse ici, Annabel ? »

J'enfouis mes doigts dans ses cheveux. « Oui. Bon Dieu, oui. »

Il lèche ma fente sur toute sa longueur, puis me torture, il suce et mordille mes lèvres, alterne en donnant des coups de langue à mon clito.

« Charlie…

— Dis-le, murmure-t-il. Dis-moi ce dont tu as besoin, bébé.

— De ça. J'ai besoin de ça. De toi. Baise-moi, Charlie. » Ça ne me ressemble pas d'être aussi crue, mais bon, ça ne me ressemble pas non plus de gémir comme une dévergondée. C'est que je n'avais encore jamais rencontré de spécimen parfait d'homme. Si nous étions encore au temps des chasseurs-cueilleurs, toutes les femmes des cavernes jetteraient leur culotte en fourrure aux pieds de Charlie Dune.

C'est un mâle alpha, à cent pour cent. Le mec avec qui vous voulez être en équipe dans une émission de survie. Le type qu'il faut pour s'introduire illégalement dans les bureaux de la CIA.

Le type.

C'est Charlie.

Et, tout de suite, c'est *lui* qui s'occupe de *moi*. Ce qui semble être le monde à l'envers, étant donné que c'est moi qui lui dois tant.

Je m'assieds, ou plutôt je tente de le faire, parce que l'impulsion nerveuse envoyée par mon cerveau pour que je lève la tête a coïncidé avec celle de ma chatte, qui m'a dit de me cambrer et de projeter mes seins vers le plafond. Sans trop savoir comment, je réussis à me redresser sur les coudes et à articuler : « À mon tour.

— Oh, chérie. » Charlie se lève, enlève son pantalon et révèle la plus grosse érection imaginable. Il rassemble mes chevilles et les soulève. « Ce n'est pas toi qui décides. » Il donne trois claques sur mon derrière, puis mord ma fesse.

Quand je crie, il s'écarte, ses yeux attentifs scrutent mon visage. Ils sont devenus bleu clair. Un bleu magnifique. Curieusement, ses iris ont tendance à changer de couleur à la lumière.

« Pardon, bébé. J'y vais trop fort. »

Je me trémousse sur le lit pour l'inviter à me fesser encore, à me toucher encore.

« Non, ce n'est pas trop fort. Ce n'est jamais trop fort. Je veux dire, ça me plaît. *S'il te plaît*, Charlie. »

Il donne encore quelques tapes fermes sur mon cul, puis lâche mes chevilles et montre le milieu du lit du menton. « À quatre pattes. »

Oh, mon Dieu. Merde, j'adore quand il me donne des ordres au lit. Je n'ai jamais été aussi excitée de ma vie. L'anticipation, les prémices du plaisir, fait vibrer toutes mes cellules. J'ai besoin de cet homme comme s'il était mon oxygène.

J'obéis. Je rampe pour me mettre en position et regarde par-dessus mon épaule. Il déroule un préservatif sur son membre impressionnant. Lorsqu'il surprend mon regard, il fait un nouveau signe du menton.

« Avance. Tiens-toi à la tête de lit. »

J'adore savoir que je vais avoir besoin de me tenir. Je m'exécute et serre fermement les barres métalliques.

Charlie pousse un juron en s'approchant. « Bon Dieu, bébé. Tu es tellement belle. » Il caresse la courbe de mon dos cambré et remonte jusqu'à l'arrière de ma tête. Son poing se referme autour de mes cheveux. « Je t'ai baisée quand tu étais rousse, maintenant je vais te baiser en blonde. Tu devrais te teindre en brune ensuite pour que je puisse aussi t'essayer comme ça. »

Mon rire est rocailleux. « Tu préfères quoi, jusqu'à présent ? »

Il lâche un autre juron et répond d'un ton plaintif : « C'est le problème, impossible de le dire. Tu étais incroyable en rousse, mais tu fais une blonde angélique. » Il frappe mes fesses et se positionne derrière moi. « Écarte les genoux, bébé. Montre-moi où tu me veux. »

Mes yeux se révulsent et ma chatte se contracte à ces simples mots. « Juste ici. » Je reconnais à peine ma voix tant elle est rauque. « Je te veux ici. » D'un mouvement digne d'une stripteaseuse, je passe la main entre mes cuisses et me caresse lentement.

« Oh que non. » Charlie écarte ma main et donne une tape sur ma chatte. « Tu n'as pas le droit de toucher. Pas maintenant, bébé. Sauf si je te donne la permission. »

Des frissons de plaisir me traversent de part en part.

« Et tu ne jouis pas non plus avant que je t'y autorise. » Il donne une nouvelle tape entre mes jambes. « Tu vas te cambrer et te faire baiser bien fort, comme tu aimes, et tu n'as pas le droit de jouir avant que je t'en donne le droit. Compris ? »

Même si je ne comprends pas du tout, je réponds quand même : « Oui, monsieur. » Tout ce que je sais, c'est que ce jeu enflamme mon corps comme rien ne l'avait fait auparavant. Et ce n'est pas peu dire, si l'on considère ce que nous avons déjà fait.

Charlie aligne son sexe recouvert de la capote avec l'entrée du mien et frotte son gland contre mon clito.

Je gémis et me déhanche. Il me pénètre avec lenteur, mais je vois des veines apparaître sur son cou, comme si ne pas s'enfoncer brutalement en moi lui demandait de gros efforts.

Bien que j'apprécie ses précautions, je préférerais qu'il ne prenne pas de gants.

« Baise-moi fort », dis-je comme un défi.

Il gronde, de nouveau ce bruit animal déstabilisant, et me donne des coups de bassin si vigoureux que je crains de partir dans le mur. Je bloque mes coudes et m'accroche. Il plonge en moi jusqu'à la garde, puis s'immobilise. Son grondement devient un ronronnement.

« Bonne fille », susurre-t-il.

Je gémis et gesticule sur sa bite. J'ai besoin de plus de friction, j'essaie de le convaincre de bouger. Il rit à mi-voix.

« Ne t'inquiète pas, ma belle. Quand je commencerai à te baiser, tu le sentiras. »

Je le sens déjà. Il peut me croire. Mais j'ai l'impression que je vais crever s'il ne…

Ouuf. Oui.

Charlie garde une main serrée autour de mes cheveux et maintient l'une de mes hanches de l'autre pour me donner un puissant coup de reins. Je gémis doucement.

« C'est de ça que tu as besoin, Annabel ?

— Oui… *ouui !* »

Il recommence. Je tremble alors qu'il m'emplit, la satisfaction explose en moi jusqu'aux extrémités de mes membres, mes dents claquent, mes orteils se recroquevillent. Il me pénètre rapidement quatre fois, puis une autre, fort et profondément.

Ma tête part en arrière. Les sensations sont si intenses que je ne suis pas sûre de pouvoir tenir beaucoup plus longtemps.

Charlie libère mes cheveux et agrippe mes hanches pour me pénétrer plus loin, son bas-ventre claque contre mes fesses au rythme de ses va-et-vient en moi.

Le plaisir, le désir me font tourner la tête. Il tend le bras et caresse mon clitoris.

Je ravale un cri.

« Pas encore, me prévient-il.

— S'il te plaît. Oh, mon Dieu, s'il te plaît, Charlie. » Je bredouille des suppliques sans la moindre honte. « S'il te plaît, encore. Plus fort, s'il te plaît. S'il te plaît, j'ai besoin de jouir.

— *Pas encore.* » On dirait qu'il parle entre ses dents serrées.

Il plonge si fort en moi que je redoute de ne pas arriver à me tenir. Il doit s'apercevoir de mon dilemme, parce qu'il passe son bras musclé autour de ma taille. Le mouvement nous rapproche, il me lime plus profondément, mais avec moins de puissance.

C'est délicieux. Je délire. Je suis déjà au septième ciel, je me sens à ma place pendant qu'il me possède, mon âme se délecte de la facilité avec laquelle je peux être vulnérable avec lui, baisser ma garde et le laisser prendre le contrôle. C'est alchimique.

Charlie serre mes hanches plus fort, il halète et gronde. Je sens ses cuisses trembler contre les miennes. Il laisse échapper un rugissement et s'enfonce en moi en un mouvement qui me soulève presque du lit. Il ramène mon buste contre son torse et tapote mon clito à un rythme effréné. *Tap-tap-tap.*

Je crie quand mes muscles internes se contractent autour de son sexe. Le plaisir se déploie et me traverse en vagues de pure extase.

Derrière moi, Charlie émet un son étranglé et s'écarte avant la fin de mon orgasme, ce qui serait décevant si je n'étais pas déjà sur un petit nuage.

Charlie

Oh, bon Dieu. Merde, merde, merde.

Je dégringole presque du lit et me précipite dans la salle de bains. Il s'est passé quelque chose quand j'ai joui. Comme si j'étais sur le point de muter.

Mais pas tout à fait. Mes canines se sont allongées et ma bouche s'est emplie d'un goût sucré. Ma vue s'est étrécie et aiguisée, comme celle du monstre.

Et un terrible désir m'a envahi.

Je voulais plonger mes dents dans la chair d'Annabel.

Je jette la capote dans la poubelle et asperge d'eau mon visage. Mes dents sont toujours longues, mais elles commencent à raccourcir. Mes iris bleu pâle scintillent. Annabel m'a dit que c'est déjà arrivé la dernière fois que l'on a couché ensemble.

Putain, qu'est-ce qui se passe ?

Un loup essaie-t-il de *transformer* sa partenaire ? Genre, est-ce que la mordre à la pleine lune fera d'elle une louve ? Ou ai-je envie de la tuer ? L'instinct de chasser est-il si proche de celui de baiser que l'animal ne sait pas faire la différence ?

Oh, pour l'amour du ciel.

Je suis un monstre.

Annabel n'est pas en sécurité avec moi. Demain, la lune sera pleine, et nous sommes bloqués en ville pour la nuit. Nulle part où courir ni chasser, nulle part où exprimer cette agressivité pour m'en libérer.

Comment survivrai-je à une nuit auprès d'elle ?

Je me force à respirer profondément.

Putain, du calme, Charlie.

Je me suis sorti de situations bien plus difficiles. Je pourrais facilement inventer une excuse et dormir dans la voiture de location ou dans une autre chambre d'hôtel.

Lorsque je sors de la salle de bains, Annabel se rhabille

en me tournant le dos. Quelque chose dans sa posture m'inquiète. Ou est-ce dans son odeur ?

Elle est froissée. Ou gênée.

Merde. Je viens de me barrer après avoir éjaculé. Pas de câlin après le coït, pas un merci, rien du tout.

Je traverse la chambre en deux pas et la serre dans mes bras, son dos contre mon torse. Mes lèvres cherchent la peau douce derrière son oreille.

« Je suis désolé. » Mieux vaut assumer plutôt que faire comme s'il ne s'était rien passé. « C'est intense pour moi d'être avec toi. Je n'ai pas l'habitude de ressentir des émotions si fortes. J'avais besoin de reprendre mon souffle une seconde. »

Elle se tourne dans mes bras. J'avais raison, la vulnérabilité est étalée sur son beau visage.

« Qu'est-ce que ça veut dire ? »

Ça veut dire que mes crocs sont apparus et que j'ai failli te bouffer.

Bordel.

« Je ne sais pas, dis-je en secouant la tête. Tu me fais un effet bizarre. »

Voilà. C'est la vérité. Je ne mentirai pas à Annabel à moins d'y être obligé.

« Je crois que j'ai besoin de prendre l'air. » Je m'écarte et ramasse mes vêtements. Lorsque je sens à nouveau l'odeur de sa tristesse, je ne peux m'empêcher d'ajouter : « Tu veux venir avec moi ? »

Super, Charlie. Ce n'était pas le projet.

Mais voir son visage s'illuminer vaut la difficulté que me causera sa présence. Et Dieu sait qu'elle mérite de se dégourdir les jambes autant que moi. J'enfile un jean, un vieux T-shirt et mes chaussures.

« Tu as faim ? » Parce que je pourrais avaler un T-rex.

« Ouais. »

Je prends les clés de la voiture de location. « Bon, on va acheter à manger, puis on trouvera un coin tranquille pour s'aérer. »

Elle emporte le dossier de son père. Je suis tenté de lui dire de le laisser à l'hôtel, parce que le but est qu'elle pense à autre chose pendant un moment, mais je sais que ça ne servirait à rien. Elle a besoin de savoir ce qu'il contient. Et moi aussi, si je veux la protéger.

Je me gare sur le parking d'un snack non loin de l'hôtel. Elle serre le dossier contre elle, mais j'ai remarqué qu'elle ne l'a pas ouvert une seule fois. C'est comme si elle redoutait ce qu'elle y trouvera. Je ne peux pas le lui reprocher.

À l'intérieur de l'établissement, je commande trois hamburgers et une assiette de bacon. Annabel choisit une salade composée.

« Tu cherches l'arrêt cardiaque ? plaisante-t-elle.

— Ouais. S'infiltrer dans la CIA m'a ouvert l'appétit. » Et le monstre en moi a besoin de viande.

« Oh, je croyais que c'était moi. »

Si elle savait. « Oh, c'est le cas, bébé. Tu peux me croire. »

Elle prend une inspiration et baisse les yeux sur le dossier posé sur la table.

Je l'encourage. « Vas-y. »

Elle l'ouvre avec l'expression de quelqu'un qui s'apprête à passer sous la guillotine. Les documents sont classés par ordre chronologique, la mission la plus récente sur le dessus. Je lis à l'envers pendant qu'elle parcourt les informations.

Le Salvador.

L'agent a agi de sa propre initiative et a incité les villages à la violence sans en avoir reçu l'ordre de ses supérieurs. Ses efforts pour empêcher ou retarder les accords de paix ont échoué et il a été exécuté par les habitants d'un village où il avait orchestré le massacre des indigènes.

L'agent Scape a étouffé l'incident. Le rapport officiel indique que Gray appartenait au corps des Marines et qu'il a été assassiné au cours d'une mission de protection rapprochée.

Annabel lit en se couvrant la bouche d'une main, comme pour masquer son expression. Elle fixe le document trop longtemps, mais ses yeux continuent à bouger. Elle doit le relire. Je finis par tendre la main pour prendre celle devant son visage.

« Bébé, il n'y a aucun moyen de lire la vérité entre les lignes. Les agents prennent des décisions cruciales tout le temps sur le terrain. À mon avis, si ton père est sorti des rails, c'était pour une raison qu'on ne connaît pas. J'ai du mal à imaginer un agent intelligent et entraîné devenir incontrôlable du jour au lendemain. »

Les lèvres d'Annabel tremblent, ses beaux yeux gris s'emplissent de larmes. « Tu crois qu'il avait été engagé par quelqu'un ? »

Merde, je n'ai pas envie de répondre à cette question. Je penche la tête sur le côté. « C'est possible, oui.

— Mais qui ?

— Peut-être un groupe dans notre pays avec des intérêts là-bas, ou un parti politique qui gagnait à ce que les troubles se poursuivent.

— Tu crois que l'agence est au courant et que c'est ce qu'elle essaie de faire disparaître ?

— En tout cas, on est sûrs d'une chose : quelqu'un ne veut pas que l'information s'ébruite. Si ça concernait juste un agent parti en roue libre, je ne pense pas qu'ils se donneraient autant de mal pour récupérer un journal intime. Donc, ouais, je dirais que cette histoire va plus loin. Et que tout n'est pas dans ce dossier.

— Je n'aurais peut-être pas dû m'obstiner. » Annabel a

beau cligner des yeux, elle ne peut retenir ses larmes. Elle pince les lèvres et se tourne vers la fenêtre qui donne sur le parking. À point nommé, il commence à pleuvoir.

« Écoute, je suis désolé de ce que tu as trouvé là-dedans, mais je t'assure que tu ne peux tirer aucune conclusion sur ton père ou sur ce qu'il a fait. Il n'est pas là pour s'expliquer, alors je lui accorderais le bénéfice du doute. » Je lui prends la main. « S'il a élevé des filles comme Sarah et toi, je serais étonné d'apprendre qu'il a trahi son pays ou vendu des vies humaines. Vraiment. »

Annabel détourne les yeux. Une ombre d'amertume passe sur son visage. « On était jeunes quand il est mort, et avant, il était souvent absent. C'est notre mère qui nous a élevées. »

Je l'observe un long moment, partagé entre l'envie de garder mon secret enfoui pour toujours et le besoin insoutenable d'apaiser sa souffrance, d'avoir des points communs.

« On a connu une expérience similaire », dis-je finalement. Ma voix est caverneuse, comme si je ne m'en étais pas servi depuis longtemps. « Moi aussi, j'ai appris quelque chose de perturbant sur mon père. C'était l'affaire pour laquelle je t'ai demandé de l'aide le mois dernier. »

Son regard se concentre, l'analyste en elle refait surface. « Il travaillait dans les labos ?

— Je pensais qu'il en était peut-être issu. Je croyais qu'il avait participé à une expérience gouvernementale, comme Nash Armstrong. Ils partageaient certaines caractéristiques. » Je secoue la tête. « Mais ce n'était pas ce que j'imaginais. Pas du tout. Et j'ai découvert quelque chose… que je n'avais vraiment pas envie de savoir. »

C'est son tour de me serrer la main. « Je suis désolée. »

Je m'éclaircis la gorge. Je n'ai pas l'habitude de recevoir de la compassion, mais je ne compte pas refuser quoi que ce soit de la part de ma tendre agente de liaison. Tout ce qui la concerne est trop pur, trop puissant. Trop précieux.

« Je pense que le plus important, c'est de ne pas essayer de déterminer si c'étaient de bonnes ou de mauvaises personnes. Et de ne pas se demander ce que ça signifie sur nous. Est-ce que tu pourrais essayer de t'en souvenir comme de ton père, tout simplement ? »

Elle lâche mes doigts, sa bouche se tord en une grimace ironique. « Je croirais entendre le directeur Scape. »

Lorsque nos plats arrivent, je dois me contenir pour ne pas commencer à dévorer la viande avant que l'assiette soit posée sur la table.

Entre deux bouchées de hamburger, je reprends : « Ce n'est pas ce que je voulais dire. Je ne parle pas de faire semblant ou de croire une belle histoire. Seulement de garder les bons souvenirs et de ne pas porter de jugement sur le reste pour l'instant. »

La tristesse s'abat sur elle et quelques larmes supplémentaires mouillent ses joues, mais elle hoche la tête. « Ouais, c'est une bonne idée. J'essaierai. »

Merde. Ça me tue de la voir pleurer. J'avale le reste de mon hamburger. Annabel est trop bouleversée pour remarquer que j'ai mangé l'équivalent de six repas en trois minutes.

« Viens là », dis-je d'un ton bourru en lui tendant la main. Elle se lève et vient se réfugier dans mes bras. Son poids sur mes genoux est agréable, naturel. Elle renifle pendant que je lui frotte le dos. « Je suis là. Laisse-toi aller. »

Elle serre ma chemise entre ses poings tandis qu'elle sanglote et frissonne entre mes bras. Le monstre en moi hurle silencieusement. Il souffre autant que notre compagne. Je reste immobile, essaie d'enjoindre au calme mon prédateur intérieur. Si le monstre avait son mot à dire, je saccagerais tout, je chasserais et tuerais en réaction à la tristesse de notre compagne. J'inspire des bouffées de son parfum jusqu'à ce que le besoin de violence s'efface, ne laissant qu'Annabel.

Quand elle se redresse, ses larmes ont mouillé ma chemise. Elle a les yeux rouges et ses cheveux me chatouillent le nez.

Elle n'a jamais été plus belle.

J'ai tenté d'échapper à qui je suis, à mes émotions et à mon chagrin pendant la plus grande partie de ma vie. C'est ironique. À l'instant où j'accepte ce que je suis devenu, je reçois le plus beau des cadeaux : une femme à aimer. Un cadeau que je ne pourrai jamais accepter. Elle mérite mieux que moi. Un homme plus digne d'elle, qui la chérira et la protégera. Se battra-t-il à ses côtés, la consolera-t-il comme je le fais ? L'idée rend mon monstre furieux derrière les barreaux de sa cage. Le désir de muter fait trembler mes muscles, mais je serre les dents et résiste. Garder le contrôle est de plus en plus difficile.

Plus je reste auprès d'elle, plus Annabel est en danger. Je ferais mieux de partir au plus vite. Mon départ ne lui fera verser que quelques larmes. Si j'attends trop, le prix sera plus fort. Je ne peux pas prendre le risque que le monstre la blesse… ou pire.

Je ne laisserai pas une telle chose se produire. Je m'en irai avant de faire du mal à Annabel, même si ça détruit tout ce qu'il y a entre nous. Cette pensée me retourne le ventre et le monstre hurle sa peine.

Bientôt, mais pas ce soir. J'étreins Annabel plus fort et savoure ce précieux moment, conscient que tout ce que j'ai toujours désiré se trouve dans mes bras.

~

Annabel

Charlie nous emmène sur l'esplanade nationale. Nous marchons sur les chemins éclairés par la lune et passons devant la Smithsonian Institution.

On pourrait penser qu'avoir englouti trois hamburgers l'aurait assoupi, mais il semble encore avoir de l'énergie à dépenser. Je me demande à quelle vitesse tourne le métabolisme d'un agent de terrain. Deux fois plus vite que celui d'une personne normale ? Trois fois ?

Apprendre à connaître Charlie Dune en tant qu'homme est aussi palpitant que voir le super agent en action. Mon intérêt s'accroît à chaque minute que je passe avec lui, ainsi que mon désir.

Cette aventure a beau être terrifiante, je n'ai pas envie qu'elle prenne fin.

Lorsque ce sera le cas, je sais que nos routes devront se séparer.

Bien sûr, j'ignore si retrouver nos emplois et nos vies normales est une possibilité. Sommes-nous allés trop loin pour revenir en arrière ?

Charlie entrelace ses doigts aux miens à la manière d'un amoureux. Ça me plaît beaucoup trop.

« Bon, et maintenant ? » Bien que ce soit ma mission, j'ai besoin que Charlie me dise comment procéder. Je suis dépassée par les évènements.

« Qu'est-ce que tu veux faire, Annabel ? »

Je m'attendais à sa question, mais j'ignore quoi répondre. Je soupire. « Je ne sais pas. Qu'est-ce que tu en penses ? »

Charlie reste silencieux un long moment. « Honnêtement ? À ta place, je continuerais à chercher. Il y a quelque chose de louche dans cette affaire. Mais si tu veux en rester là, retrouver ton emploi et laisser cette histoire derrière toi, je pense qu'on peut encore négocier notre retour. C'est à toi de voir. »

Je prends une inspiration. « Tu m'as largement rendu le service que tu me devais. »

Il cesse de marcher et me fait pivoter pour me regarder dans les yeux. « Ce n'est pas une question de service. Tu dois le savoir. Je suis là pour toi, Annabel. Il est hors de question que je laisse quelqu'un te faire du mal, à toi ou aux gens que tu aimes. » Il hausse ses épaules musclées. « C'est clair et net pour moi. Tant que tu veux continuer, on continue. »

Mes yeux piquent et je dois ravaler mes larmes. Comment puis-je m'empêcher de plonger tête la première dans l'océan qu'est Charlie ? Mais il le faut. Cet homme n'est même pas capable de rester en place une heure dans une chambre d'hôtel. Il ne restera jamais pour jouer au petit couple avec moi. L'idée est risible. Je ne suis pas étonnée d'en pincer pour un mec exactement comme mon père, un héros qui part sauver le monde au lieu de rester avec sa famille.

J'ai l'impression d'être une sale égoïste parce que je l'ai mis en danger, mais je ne sais pas ce que je serais devenue sans sa protection.

« Ouais. Je veux continuer. Et, Charlie… » Je lève la main pour toucher son visage. « Merci. »

La lune fait briller ses yeux un instant, puis il possède ma bouche avec la même fièvre qui semble nous submerger chaque fois que l'on se touche. Nous sommes dans un lieu public, pourtant il baise ma bouche avec sa langue, malaxe mes fesses de ses mains musclées.

J'éclate de rire et le repousse. Sinon, je jure qu'on va finir allongés sur le banc le plus proche.

Il cligne rapidement des yeux et prend une inspiration

laborieuse. « Viens, on te ramène à l'hôtel. » Il enlace ma taille et prend la direction de notre véhicule.

« Moi ? Et toi ? »

Il hésite juste une seconde de trop. « Ouais, moi aussi.

— Où est-ce que tu vas ? »

Son sourire est à la fois indulgent et triste. « On ne peut rien cacher à une agente de la CIA, hein ?

— Non. Qu'est-ce que tu as prévu ? »

Il secoue la tête. « Rien. Je n'ai pas assez marché, c'est tout. J'ai besoin d'être un peu seul pour mettre de l'ordre dans mes idées. »

Sa réponse sonne faux. Mon ventre se noue. Que me cache Charlie ?

Puis-je vraiment lui faire confiance ? M'aurait-il menti de A à Z ?

Mais non, il ne pourrait pas feindre la passion dont il fait preuve quand nous couchons ensemble. Il ne pourrait pas simuler les mots qu'il laisse échapper ensuite.

N'est-ce pas ?

Charlie

Je sors dans la nuit, loin de l'odeur envoûtante d'Annabel. J'ai déjà à nouveau envie de la posséder. Mais ce ne serait pas suffisant. Le désir de la mordre ne cesse de se manifester… j'en ai même des visions.

J'allume un téléphone prépayé et compose un numéro à Tucson. Ce n'est pas mon genre d'appeler un type pour lui demander de l'aide. Merde, tout le monde sait que les hommes ne s'arrêtent pas pour demander leur chemin, moi encore moins que les autres. Mais j'ignore ce que je pourrais être capable de faire et la lune est presque pleine. La vie d'Annabel est peut-être en danger.

Ce soir.

« Allô ?

— Qu'est-ce qui se passe à la pleine lune ? »

Le métamorphe à l'autre bout du fil garde le silence quelques secondes, puis il me reconnaît : « *Dune.*

— Ouais.

— Je me demandais si tu allais appeler.

— Réponds à ma question.

— Tu penses vraiment que tu peux encore m'interroger ? Tu peux te gratter, trouduc. » Il raccroche.

Bon, je le mérite totalement. Je suis un trouduc. J'ai rencontré Jared quand les flics locaux ont fait une descente dans un club au cours d'un combat illégal auquel il participait. J'ai dû intervenir et je me suis chargé de l'interroger. J'avais vu ses yeux changer de couleur, exactement comme le faisaient ceux de mon père. Et ceux de Nash, un mec que j'ai rencontré dans les forces spéciales. Je pensais qu'ils avaient participé à une expérience du gouvernement. Ce qui n'était qu'à moitié juste.

La deuxième fois que j'ai revu Jared, j'ai suivi sa meute jusqu'au Honduras pour effectuer une mission de sauvetage et j'ai vu les personnes qui l'accompagnaient muter sous mes propres yeux. Devenir des loups, des lions, un chien… même un hibou.

Étrangement, voir l'impossible se produire a activé quelque chose dans mon propre organisme. En tant que demi-métamorphe, j'étais vulnérable ; la capacité en dormance est sortie à la surface. Jared m'a surpris alors que je les espionnais et m'a ordonné de me transformer.

C'est ainsi que j'ai découvert que j'héberge en moi un énorme loup argenté.

Je recompose le numéro. « Bonsoir, agent Dune, dit Jared d'un ton moqueur.

— Je suis désolé. » Les mots m'arrachent la bouche. Je peux être n'importe qui, jouer n'importe quel rôle dans le cadre de mon métier, mais là, c'est réel. Et je devine que les rapports de domination régissent toute la hiérarchie d'une meute. Mon loup ne supporte pas de ramper devant Jared. « S'il te plaît. » Encore une fois, il m'en coûte. « Qu'est-ce qui se passe à la pleine lune ?

— Tu voudras chasser. Manger plus de viande rouge. Muter dans la nature. Tu peux aller courir dans un endroit sûr ? »

Putain, si seulement j'étais de retour dans mon chalet en Californie. « Pas en ce moment.

— Dommage. » Il ajoute avec brusquerie : « Tu es avec une femelle ?

— Pourquoi ? »

Je me crispe en attendant sa réponse.

« Si ton loup l'a choisie comme compagne, ça peut rendre tes pulsions plus puissantes. Tu risques le mal de lune si tu ne la revendiques pas. Surtout à la pleine lune. »

La terre tangue autour de moi avant de s'immobiliser. « C'est quoi, le *mal de lune* ? » Je sais déjà que c'est ce qui m'arrive. Sinon, pourquoi voudrais-je enfoncer mes crocs dans la chair d'Annabel ?

« C'est quand ton animal prend le dessus. Tu ne devrais pas être sans meute, c'est ta première lune. T'es où ? Tu peux venir à Tucson ? On peut t'aider.

— Euh… probablement pas. Non. »

Jared grommelle. « Tu as besoin que je vienne ? »

Je suis stupéfait par son offre. Il ferait ça pour moi ? Je connais à peine ce type et mes interactions avec lui n'ont pas franchement été exemplaires.

« Non, ce n'est pas possible non plus. Mais merci de

proposer. » Je fais les cent pas derrière l'hôtel. « Qu'est-ce que ça veut dire, l'animal prend le dessus ? Il a envie de chasser ? Est-ce qu'il peut attaquer des humains ?

— Ça veut dire que tu perds ton humanité. Ouais, attaquer des humains est une possibilité. Si ça arrivait, tu devrais être abattu. C'est pour ça que je ne veux pas que tu restes seul. Où est la femelle ? Elle est humaine ?

— Bien sûr qu'elle est humaine, putain. » Je secoue la tête, comme si ça pouvait m'aider à me débarrasser de la peur qui remonte le long de ma colonne vertébrale. Ça ne me ressemble pas de perdre mon calme. Ni d'avoir peur. Mais on parle d'Annabel.

« S'unir à une humaine est un défi, mais c'est possible.

— Je ne vais pas rester avec elle alors que je risque de devenir sauvage et de la tuer chaque fois que la lune est pleine.

— Ben... »

Je le coupe. « Merci pour ton aide. Je vais me débrouiller. »

Seul, comme je l'ai toujours fait. Je raccroche. Le téléphone se met immédiatement à sonner, mais je l'écrase sous mon talon pour détruire toute trace de l'appel.

Bordel de merde.

Je vais devoir emmener Annabel en sécurité demain soir, et partir aussi loin d'elle que possible. Je ne peux pas prendre le risque de rester avec elle si l'animal prend le contrôle.

Quand je rentre dans la chambre, Annabel a une expression à la fois vulnérable et soupçonneuse.

« Tu es allé voir quelqu'un ? »

J'arque un sourcil. Je suis tenté d'esquiver la question, mais une fois de plus, le désir de rester sincère avec elle l'emporte.

« Je devais passer un coup de fil. Pas à propos de cette

mission. Au sujet de la précédente. Celle qui était personnelle. J'essaie de tourner la page. »

Son regard s'adoucit, se réchauffe. « Celle à propos de ton père ? »

Mes tripes se nouent. « Ouais. »

C'était un monstre, comme moi.

J'ai envie de tout lui raconter, mais elle a reçu assez de nouvelles choquantes pour aujourd'hui. Je ne vois pas comment elle pourrait assimiler celle-là en prime. Je le lui dirai demain, s'il le faut. Pour la protéger.

« J'ai continué les recherches de mon côté. Sur une intuition, j'ai hacké les relevés bancaires de 1992 du directeur Scape. Devine ce que j'ai trouvé ? »

Mon intelligente agente de liaison. « Quoi ? »

— Un dépôt très important de la part d'une entreprise qui s'appelle *American Trade Assets.* Et plusieurs autres qui remontent jusqu'en 1990.

— C'est quoi, cette entreprise ?

— C'est ça qui est intéressant. C'est un organisme d'action politique qui promeut principalement les intérêts commerciaux américains. Surtout en Amérique du Nord et en Amérique du Sud.

— Donc, tu penses qu'elle pourrait avoir financé un projet visant à faire échouer le processus de paix ?

— C'est exactement ce que je pense. Scape était le supérieur direct de mon père. Il aurait pu empocher l'argent et attribuer la mission à mon père. »

Je déteste devoir poser la question suivante. « Tu as vérifié les relevés bancaires de ton père ? »

Elle se redresse sur le siège. « Ouais.

— Et ?

— Rien d'inhabituel. Seulement ses chèques de salaire des Marines.

— Il n'a pas forcément affecté la mission à ton père.

Peut-être qu'il s'est rendu sur place pour s'en occuper lui-même et que ton père lui a mis des bâtons dans les roues.

— Oui, c'est aussi une possibilité. Le sénateur Flack pourra peut-être m'en apprendre plus. »

Ça ne me plaît pas, mais elle a raison. C'est une piste prometteuse. « Oui. Appelle-le demain et donne-lui rendez-vous. »

Je tends la main pour caresser ses cheveux, puis me ravise. Malgré nos ébats effrénés un peu plus tôt, je meurs d'envie de remettre le couvert.

Du calme, mon grand.

« Je vais prendre une douche », dis-je entre mes dents.

Une douche glacée.

CHAPITRE HUIT

Annabel

« Est-ce que c'est vraiment une bonne idée ? » C'est la cinquième fois que je pose la question à Charlie. J'ai appelé le sénateur Flack avec un portable prépayé neuf pour lui proposer de déjeuner ensemble.

« Je te verrai et je t'entendrai à tout moment. Il ne t'arrivera rien. » Charlie replace le col de ma blouse, là où est dissimulé le minuscule micro. J'ai un écouteur dans le creux de l'oreille, mais il est si petit que même si mes cheveux ne le cachaient pas, personne ne le remarquerait.

Oh, bon Dieu, je ne vais jamais y arriver. Je ne suis pas faite pour travailler sur le terrain.

« Je pourrais être recherchée par la CIA, à l'heure qu'il est. Toi aussi. Et s'il est au courant, et que quelqu'un est là pour procéder à mon arrestation ?

— Tu as déjà vérifié sur la base de données. Aucune poursuite n'a été engagée contre toi ou moi. Ce qui confirme que cette affaire est louche.

— Comment ça ?

— Si tu avais simplement désobéi aux ordres et refusé d'apporter un document compromettant, ce serait écrit dans ton dossier. Ce serait mentionné dans le mien. Des mesures seraient prises, des mesures officielles. Il n'y a rien de la sorte. Ce qui signifie que celui qui t'a dans le collimateur ne peut pas agir légalement. Je ne peux pas savoir avec certitude si c'est Tentrite, Scape ou les deux. Mais tu en apprendras peut-être plus pendant ce déjeuner.

— D'après toi, je lui explique ce qui se passe ? »

Charlie réfléchit longuement. « Je ne le ferais pas, mais je ne fais confiance à personne. »

Je déglutis. « Tu me fais confiance, à moi. » Je ne sais pas pourquoi j'ai envie qu'il me rassure. Je ne devrais pas me comporter comme une petite amie collante, surtout dans un moment pareil. Mais c'est peut-être à cause du contexte, justement. J'ai peur. Ma vie est en danger. Et Charlie est le seul à être de mon côté.

Il pose la main sur ma hanche. « Ouais. Je te fais confiance. » Sa réponse semble avoir du mal à sortir, ce qui me porte à croire qu'il est sincère.

Nous prenons le métro. Charlie se fait passer pour un homme d'affaires en costume. Il porte une chemise rose et une cravate avec des teintes de gris, de violet et de rouge, ce qui me donne envie d'applaudir. De toute évidence, il est plus qu'assez en phase avec sa masculinité pour porter des couleurs considérées comme féminines. Il fait mine de converser dans son oreillette Bluetooth pendant tout le trajet, parlant de commandes et de livraisons. Son regard reste dans le vague comme s'il était absorbé par sa conversation imaginaire, mais je sais qu'il observe tout et tout le monde.

Lorsque nous sortons à Union Station, l'endroit est noir de monde.

Il se passe quelque chose.

« Oh non, dis-je en un murmure que seul Charlie entend. C'est une fichue flashmob. » Des gens de tous âges participent. Ils chantent et dansent sur *Grease Lightning*.

« Parfait. La distraction d'une foule joue toujours en notre faveur. Fais comme si tu les regardais et mêle-toi au public. Je ne te quitterai pas des yeux. Ne cherche pas à me regarder.

— D'accord. » Je suis ses instructions. Souriant aux participants, je me dresse sur la pointe des pieds comme si je voulais mieux voir et je traverse la foule jusqu'à l'autre côté de la rue.

Il y a encore plus d'animation dans la ruelle à côté de la station. La police a mis en place des barrages routiers et les gens s'agglutinent autour. Je m'approche d'un homme qui s'est arrêté pour regarder et lui demande : « Qu'est-ce qui se passe ?

— Ils tournent un film. Il paraît que c'est un nouveau *Terminator*, mais j'ai du mal à le croire.

— C'est une bonne nouvelle pour moi, moins pour toi, dit Charlie. Traverse la rue et éloigne-toi de l'attroupement. Je me fondrai dans la foule.

— Compris. » Je descends du trottoir, mes talons cliquètent contre les pavés. Le sénateur Flack m'a donné rendez-vous dans un restaurant rattaché à un hôtel. J'entre dans le lobby et parcours la salle du regard, mais je ne vois pas la tête grise du sénateur. Quand je donne mon nom à la réceptionniste, elle me tend un morceau de papier avec un mot manuscrit .

« Changement de programme, dis-je à Dune en prenant la direction des ascenseurs. Je le retrouve dans sa suite. Au quatrième étage. »

Charlie lâche un juron. « Quel numéro de chambre ? »

Je le lui donne, puis demande : « Tout va bien ?

— Oui, mais ça ne me plaît pas. Il veut sans doute être

tranquille. Ce n'est pas rare que les politiciens organisent des réunions dans une suite. Surtout lorsqu'ils sont en campagne électorale.

— En campagne ? » Je dépasse un groupe de touristes qui attend devant les ascenseurs. J'irai plus vite en prenant l'escalier.

« Ouais, tu n'es pas au courant ? Le sénateur Flack est l'un des candidats pressentis à la vice-présidence. Les élections primaires ne sont pas avant l'année prochaine, mais il prépare la suite.

— Merde. » Je m'arrête devant la cage d'escalier. « Hé, je vais monter à pied. Je risque de perdre le signal.

— Vas-y. Je serai juste derrière toi. »

Soudain, deux hommes en costume m'entourent et je sens un pistolet contre mes côtes. « Ne dis pas un mot. »

Tout l'air s'échappe de mes poumons. Avant que je comprenne ce qui m'arrive, les deux types me poussent vers la cage d'escalier dont je viens de sortir.

« Qu'est-ce qui se passe ? Où est-ce qu'on va ? » Je pose les questions pour Charlie.

Le revolver s'enfonce dans mon flanc. « Je t'ai dit de la fermer.

— *Non.* » La voix de Charlie est alarmée. « Ne va nulle part avec eux. S'ils voulaient te tuer, tu serais déjà morte. Je suis presque arrivé. »

Je pousse l'homme qui tient l'arme et fais un bond en arrière. Les deux types me sautent dessus, me saisissent les bras. « À l'aide ! Au feu ! » Malgré mes hurlements, aucune porte ne s'ouvre dans le couloir, mais peut-être que quelqu'un appellera la police.

Les hommes me poussent dans l'escalier. Je perds

l'équilibre, mais ils me traînent, mes pieds cognent contre les marches en béton.

« Au secours ! » Je crie plus fort. Ma voix résonne dans l'espace clos.

« Boucle-la. » Un des types me soulève et accélère pour descendre les étages.

Tout à coup, j'entends des grondements féroces, de terribles grognements sauvages. Ils proviennent d'en dessous de nous.

« Putain, c'est quoi ça ? » Les brutes s'arrêtent.

« Sûrement un chien. »

Les grondements deviennent plus forts, et je reconnais le son. Je l'ai entendu à l'extérieur du chalet deux nuits plus tôt.

« Va voir. » L'un des hommes me tire contre lui pendant que l'autre descend les marches en courant.

Je donne un coup de pied à mon garde et reçois un coup de crosse en récompense. La tête me tourne un moment. Je dois me tenir à mon agresseur pour ne pas tomber.

Un rugissement à glacer le sang retentit dans la cage d'escalier.

Ce n'est pas un chien. Le type qui me tient doit arriver à la même conclusion, parce qu'il commence à me tirer pour monter les marches. Je saisis cette occasion pour résister. Quand je tombe, il m'attrape par les cheveux et des étoiles explosent sous mes paupières.

Une forme blanche floue bondit et atterrit en haut de l'escalier. Je me fige, puis me rue en arrière. Je hurle lorsque des coups de feu tonnent près de ma tête. Les détonations ne masquent pas les tintements aigus des balles qui ricochent. Je protège ma tête de mes bras et m'aplatis contre le sol en béton.

L'énorme forme poilue glapit de douleur, mais ça ne

l'arrête pas. Avant que je puisse crier à nouveau, la créature saute au-dessus de moi, rapide comme l'éclair.

Les hurlements de l'homme remplissent tout à coup la cage d'escalier. Je lève la tête et regrette immédiatement d'avoir regardé. Un loup gigantesque a refermé ses mâchoires autour du bras du type, il le chevauche et le maintient à terre sous son poids. Du sang éclabousse le sol, mon agresseur crie… seulement pour être réduit au silence lorsque le loup bondit et…

L'adrénaline me pousse à me lever. Je me débarrasse de mes chaussures et descends l'escalier à toute vitesse en ignorant les horribles sons de mastication derrière moi.

Je ne reste pas pour devenir le repas suivant. Je file dans les escaliers et interromps à peine ma course quand je découvre le corps mutilé de mon deuxième assaillant. Je manque de glisser dans une flaque de sang, mes tripes se retournent. Je suis trop occupée à détaler dans l'espoir de sauver ma vie pour m'arrêter. Je vomis sans ralentir.

Je pousse la porte de l'issue de secours et me retrouve dans une ruelle. Je continue d'avancer en chancelant, haletante, mais je ne suis pas suivie.

Mon crâne palpite, mes cheveux sont un paquet de nœuds et mes vêtements sont de travers, mais je suis vivante. Je finis de déchirer mon collant ensanglanté et touche mon oreillette.

« Charlie ? » Ma voix tremble. Je n'obtiens pas de réponse. Oh non. Il a dit qu'il était juste derrière moi. Le loup l'a-t-il attaqué, lui aussi ? C'était le même loup qu'au chalet, j'en suis sûre. Mais ça ne peut vouloir dire qu'une chose.

C'est moi qu'il pourchasse. Est-ce un nouveau projet terrifiant de la CIA ?

Je continue à courir pieds nus. Je ne sais pas si c'est stupide ou du génie, mais je me rue vers l'agitation du tournage, me glisse sous les rubans qui entourent la zone et cours parmi la foule.

« Hé ! Vous ne pouvez pas être ici ! Hé ! » Des voix s'élèvent sur mon passage, mais je ne me retourne pas. Mes pieds se blessent sur la chaussée, mais je ne m'arrête pas.

Je ne sais pas où aller. Je ne sais pas quoi faire.

Mon Dieu, qu'est-ce qui s'est passé ? Qu'est-ce que c'était ? Des images de ce que je viens de voir passent dans mon esprit et je m'étouffe, prise de haut-le-cœur.

« *Annabel !* » La voix dans mon oreille me surprend et me tire un cri.

« Charlie ! Tu es où ?

— Annabel, parle-moi. J'ai volé une voiture. Je te rejoins dans quatre-vingt-dix secondes. Où es-tu ? »

Comme toujours, il dégage une telle autorité et une telle assurance que le soulagement m'envahit. « À un pâté de maisons au sud du plateau de tournage. Dans une rue secondaire, devant une porte.

— J'arrive. »

J'entends des pneus crisser dans l'oreillette.

Il vient me chercher. Il m'a protégée, comme il l'avait promis. Et il saura quoi faire.

Charlie

Merde. Merde. Merde.

J'ai attaqué des humains. J'ai du sang humain plein la bouche. J'ai dû essuyer celui sur mon torse. Le plus effrayant… ou est-ce le plus sain ? En tout cas, je n'étais pas le monstre. J'étais moi-même, mais sous la forme d'un loup. J'étais lucide. Mon instinct et mes réflexes étaient encore plus rapides qu'en temps normal.

J'ai attaqué prestement, immobilisé mon adversaire et rejoint Annabel. J'ai éliminé les deux menaces malgré une blessure par balle dans le dos. Ensuite, j'ai eu la présence d'esprit de retourner chercher l'appareil de communication, mes vêtements et mon téléphone portable, puis j'ai volé cette voiture et j'ai recontacté Annabel.

Annabel.

Elle doit être dans tous ses états. Que vais-je lui dire ?

J'entre en trombe dans la ruelle au moment où des coups de feu sont tirés. Des balles touchent mon véhicule.

Merde, je suis repéré. Une Buick bleue est juste derrière moi et… oh, merde. Une autre voiture apparaît de l'autre côté de la ruelle et bloque la route.

J'écrase la pédale de frein en voyant Annabel. « Monte ! »

Elle regarde des deux côtés de la ruelle. La terreur rend ses yeux gris immenses. Elle empeste la peur et le vomi. « Où… peu importe. » Elle saute dans la voiture.

Je lui suis foutrement reconnaissant de me faire confiance.

« Attache ta ceinture. » Je passe la marche arrière et recule à fond de train pour emboutir la Buick. Le grincement du métal et des bruits de verre brisé nous assourdissent. Je remets la marche avant et repars à toute allure. Je vais faire dégager ces enfoirés, surtout à cette vitesse.

« Sors le flingue de ton sac.

— Oh ! » Je crois qu'elle a oublié que je l'y ai mis ce matin. J'ai perdu mon arme quand j'ai muté.

Une balle fait exploser notre parebrise. « Baisse-toi ! Riposte, si tu peux. »

Au bout de la ruelle, le conducteur déplace sa voiture juste à temps, apparemment peu désireux de se faire percuter. Je dépasse le véhicule et continue sans ralentir. Les quatre roues de notre voiture se décollent lorsqu'elle passe sur un nid-de-poule.

« Oh, mon Dieu, mon Dieu, oh, Seigneur », balbutie Annabel, mais elle pointe le revolver par la fenêtre, prête à tirer.

Les types derrière nous tirent dans notre parebrise arrière. J'appuie sur la tête d'Annabel pour qu'elle se remette à couvert. Après trois virages, j'entre sur une artère principale. Il y a des embouteillages, ce qui joue en notre faveur. Je m'insère dans la circulation et m'engouffre dans le premier parking couvert que je vois.

« Où est-ce que tu vas ?

— On doit changer de caisse. » Je tourne dans le parking jusqu'à ce que je trouve une place. On descend de voiture. Je ne porte plus que des lambeaux de pantalon, que je dois tenir pour les empêcher de glisser, mais au moins, j'ai mon téléphone. Il est équipé d'un logiciel permettant de déverrouiller et de faire démarrer n'importe quel véhicule équipé d'un système électronique.

Je choisis une voiture et ouvre les portières. « Tu conduis, je tire, dis-je en prenant le revolver des mains d'Annabel. Il reste combien de balles ?

— Euh… »

Je formule ma question différemment : « Tu as tiré combien de fois ?

— Trois fois ? Quatre ? »

Je hoche la tête. Donc, il reste au moins dix balles dans le magasin. Aucun signe de ceux qui nous poursuivent. Avec un peu de chance, on les a semés.

« Où est-ce qu'on va ? demande Annabel en passant la marche arrière.

— Prends l'autoroute du Washington Monument. » Je n'ai pas de plan précis, mais Otis saura peut-être où nous cacher le temps que l'on décide de la suite. Sans détacher mon regard du rétroviseur, j'appelle mon ami.

« Allô ?

— J'ai besoin d'une planque qui soit vraiment sûre. » *Vraiment sûre,* ça veut dire que même la CIA ne connaît pas son existence.

Otis marmonne un juron. Il reste silencieux quelques secondes, puis répond : « J'ai un chalet où je vais pêcher, à environ deux heures d'ici. C'est trop loin ? »

À vrai dire, un chalet paraît idéal, étant donné mon problème de fourrure et mon envie de hurler sous la lune. « Non, ça ira.

— Je te retrouve au Rocky Run Park d'Arlington pour te donner la clé. Tu as besoin d'autre chose ?

— Ouais, d'armes. Un tas. Et d'équipement informatique. Tout ce que tu peux me trouver.

— Je m'en occupe. Tu peux être là dans combien de temps ? »

Je serre les dents. La circulation n'avance pas. Ce n'est pas rare sur cette autoroute — il y a peut-être un accident plus loin — mais ça ne me plaît pas. « Dans quarante-cinq minutes. Peut-être plus.

— J'y serai.

— Merci, Otis. » Je raccroche et songe de nouveau aux embouteillages. Ce n'est tout de même pas un barrage de police pour nous arrêter ? À moins que…

Annabel tapote le volant du bout de l'index. C'est un tic nerveux, je l'ai déjà vue le faire.

« Charlie… » La peur dans son odeur me met en alerte. « À l'hôtel, je…

— Tout va bien, bébé », dis-je d'une voix apaisante quand elle ne termine pas sa phrase. Les voitures devant nous étant toujours à l'arrêt, j'en profite pour lui prendre la main. « Tu t'es bien débrouillée. Je n'aurais jamais dû te laisser y aller seule. Quelqu'un a dû nous suivre et envoyer des hommes pour t'enlever. » L'agente Tentrite ou le directeur Scape. Qui que ce soit, il a envenimé la situation. Dès que je saurai avec certitude qui a envoyé l'équipe de nettoyeurs, je lui rendrai la pareille.

Elle frissonne. « Ce n'est pas ça.

— Parle-moi. » C'est un ordre, mais j'emploie le ton le plus doux dont je suis capable.

« Je ne sais pas ce qui s'est passé, souffle-t-elle. Ils m'ont emmenée dans la cage d'escalier, ils me traînaient par terre. Et après… » Elle blêmit. Ça me tue de ne pas la prendre dans mes bras. « J'ai entendu quelque chose.

— Quoi, bébé ? » Je pose la question, même si je sais déjà ce qu'elle va dire. Tout mon corps se crispe.

« C'était un grondement. Un animal… ce loup. Je sais que ça paraît incroyable, mais je te jure que c'était le loup qui a essayé d'entrer dans le chalet. Il a monté l'escalier et… » Elle s'interrompt et couvre sa bouche.

Je passe une main sur son dos. « Tout va bien. » Je murmure cette phrase en boucle, bien que je me sente aussi écœuré qu'elle en a l'air. Que se serait-il passé si j'étais arrivé trop tard ? Ou si le monstre avait pris le dessus et continué la chasse ? Combien de personnes seraient mortes ?

Elle se ressaisit et secoue brusquement la tête. « Je vais bien. » Sa façon de parler me donne l'impression qu'elle se donne un ordre. « Je vais bien, j'ai besoin d'une minute, c'est tout. »

J'enlève ma main. Je ne mérite pas de la toucher. « Prends aussi longtemps qu'il te faut.

—Je sais que tu me prends pour une folle…

— Non, bébé. » Elle continue sans paraître m'entendre.

« Mais je te jure que c'était un loup. Ça aurait pu être

un chien, mais… » Elle regarde fixement par la vitre. J'aimerais pouvoir dire quelque chose pour la réconforter.

« Annabel… » *Je suis le monstre que tu as vu.* Ma langue pèse une tonne dans ma bouche. Mon ventre se retourne, je suis dégoûté par ma lâcheté.

« Je sais que tu me crois folle, répète-t-elle.

— Non. C'est possible que ces types aient eu… un animal de combat avec eux.

— Mais il les a attaqués, *eux*. Pas moi. » Elle écarquille les yeux. « Charlie, il m'a sauvée. »

Ma bouche est sèche. J'ai peut-être acquis une force surhumaine, mais je n'en ai pas assez pour avouer la vérité à Annabel. Je fixe les phares rouges des freins devant nous et sursaute lorsqu'un klaxon retentit avec colère non loin.

« Je pense… Je pense qu'il a essayé de m'aider, dit-elle d'un ton songeur.

— Je ne sais pas ce que c'était, mais la prochaine fois que tu le vois, promets-moi de l'abattre. » Ma voix est enrouée.

« Quoi ?

— Cette bête est dangereuse. Elle aurait pu t'attaquer. Si tu la revois, tire-lui dessus. Promets-moi. » Je détourne la tête pour qu'elle ne puisse pas voir le désespoir sur mon visage.

Elle fronce les sourcils. « Mais…

— Annabel.

— D'accord, soupire-t-elle. C'est promis. »

Les phares devant nous clignotent. Les files de voitures n'ont pas avancé de plus d'un mètre depuis plusieurs minutes. Habituel à Washington, pourtant…

« Il y a quelque chose qui cloche. » Mon instinct m'envoie un avertissement, haut et fort. J'avais déjà appris à l'écouter avant de devenir un loup. « J'ai un mauvais pressentiment, Annabel. »

Je regarde aux alentours. À quelques véhicules du nôtre, un motard pose le pied à terre.

« Descends. Laisse tourner le moteur. Suis-moi. » Je sors de la voiture, le revolver dans ma main, mais plaqué contre ma jambe pour le dissimuler un peu. Je cours entre les voitures jusqu'à la moto.

Je colle mon arme contre les côtes du conducteur, sous sa veste pour que les autres automobilistes ne voient rien.

Le motard devient parfaitement immobile, mais il nous dévisage de la tête aux pieds. Annabel n'a pas de chaussures.

« On a besoin d'emprunter votre moto. Notre voiture est là-bas, le moteur tourne. »

L'homme descend de son véhicule sans prononcer un mot. Il doit avoir compris que notre situation est désespérée. Ou la sienne.

« Donnez-lui le casque et votre veste. »

Il paraît contrarié, mais s'exécute.

« La Toyota Camry argentée, voie de gauche. »

Il commence à s'éloigner vers la voiture, puis nous lance un regard interrogateur par-dessus son épaule.

« On laissera votre moto là où la police la trouvera.

— Vous avez intérêt », grommelle-t-il d'un ton bourru, ce qui me tire presque un sourire. Il me rappelle la meute de Tucson, un club de bikers métamorphes qui organise des combats en cage, possède des boîtes de nuit et règne sur les rues de la ville après le coucher du soleil.

« Ce sera difficile sans chaussures, mais je vais conduire. » Je range le revolver dans l'étui dans mon dos et tapote le siège. Annabel enfile la veste et remonte sa jupe pour enfourcher la moto beaucoup trop grande pour elle. Je lui mets le casque et resserre la lanière, puis je monte sur la moto devant elle.

« Accroche-toi, chérie. » Je fais vrombir le moteur et

fonce entre les voitures. Environ un kilomètre plus loin, je découvre que la police a bloqué la sortie et l'autoroute. Des agents contrôlent les véhicules un à un. Je m'insère sur la voie de gauche, arrête la moto. « Descends. »

Elle obéit. Je l'imite, puis je soulève la moto et la fais passer de l'autre côté de la glissière de sécurité.

Annabel pousse un cri de surprise. Je fais plus ou moins la même chose dans ma tête ; je ne devrais pas être capable de soulever une Harley-Davidson. Certainement pas sans me déchirer un muscle. Ma force semble décuplée chaque jour, tout comme mon endurance et l'acuité de mes sens.

Si je reste dans la branche des services secrets, être un loup pourrait vraiment se révéler commode.

Mais c'est un gros *si*.

Annabel saute par-dessus la barrière, je fais de même et on remonte sur la moto.

Des policiers nous voient. Ils se mettent à crier. J'opère un demi-tour en dérapant, le moteur rugit.

Il faudra beaucoup plus qu'un barrage routier pour m'attraper.

CHAPITRE NEUF

Annabel

Je me tords le cou pour regarder les gyrophares des voitures de police rétrécir derrière nous. Charlie conduit comme un cinglé, il guide la moto à travers des ruelles encombrées de bennes d'ordures. Il ne s'arrête qu'une fois arrivé dans une rue bordée de respectables maisons en briques.

« Tu penses qu'on les a semés ? »

Charlie hausse les épaules. La tension n'a pas quitté son corps. Avec tout ce qui s'est passé, c'est le choc qui me fait tenir. L'image de Charlie soulevant la moto comme s'il s'agissait d'un jouet est marquée au fer rouge dans mon esprit.

J'imagine que les super espions mangent beaucoup d'épinards.

« Pourquoi est-ce que la police en a après nous ?

— Quelqu'un a émis un avis de recherche. Je suis grillé et tu es probablement recherchée en tant que complice. »

Je laisse tomber ma tête sur son épaule. Il tend le bras en arrière pour me toucher le genou.

« Allons au chalet. Ensuite, on trouvera un moyen de prouver ton innocence et celle de ton père. »

Et on découvrira qui a envoyé ces hommes après moi. Je n'arrive pas à penser au loup. J'ai atteint mon quota de folie.

Charlie ne pense pas que je suis folle. En fait, je suis surprise qu'il ne m'ait pas posé plus de questions sur le loup. Il sait peut-être quelque chose que j'ignore. Est-ce la nouvelle mode d'utiliser une brigade canine pour les missions de surveillance ou de nettoyage ? Qu'est-ce que ça pourrait être d'autre, sinon ?

Le temps que l'on arrive au parc où l'on doit retrouver Otis, mon ventre s'est calmé. Je ne sais peut-être pas ce qui s'est passé à l'hôtel, mais une chose est claire : je me sens totalement en sécurité avec Charlie. Même quand il fait foncer la moto à travers les interstices les plus minuscules entre les voitures à l'arrêt dans les embouteillages. Avec quelqu'un d'autre, je crierais pour qu'il me laisse descendre ; avec Charlie, j'enlace sa taille, je ferme les yeux et je me détends pendant le trajet.

Je tourne mon visage vers les rafales, le vrombissement de la moto emplit mes oreilles. Les abdos musclés de Charlie se contractent contre mes avant-bras alors qu'il pilote la moto et prend les virages comme un véritable cascadeur. Lorsqu'il s'arrête, mon cœur tambourine et je me sens un peu faible, mais pas à cause de la peur. Charlie pose le pied à terre. Il maintient la moto en équilibre pour que je puisse descendre, mais je m'attarde et me penche pour sentir son odeur virile mélangée à celle du cuir.

De l'autre côté du petit parc, Otis est assis sur un banc et mange des cacahuètes. À regret, je lâche la taille de Charlie. Il me prend la main et la garde dans la sienne même quand on s'éloigne de la moto. Je n'ai toujours pas de chaussures, mais l'herbe est agréable sous mes pieds nus.

« Jolie moto, dit lentement Otis à notre arrivée.

— Merci, mon pote. » Charlie passe son bras autour de mes épaules. « Un ami m'a laissé l'emprunter. J'ai promis de la lui rendre. Tu en as déjà conduit ?

— Ma femme refuse. J'ai une Sedan beige, tout ce qu'il y a de plus banal. » Du pouce, Otis indique une voiture garée sous une rangée d'érables et nous tend le sac en papier. « Des cacahuètes ?

— Avec plaisir. » Charlie prend le sac, qui produit un tintement métallique. Il me le propose. Quand je glisse ma main à l'intérieur, je sens la clé de la voiture parmi les cacahuètes. Je m'en empare et fais un hochement de tête à Charlie. Il glisse la clé de la moto dans le sac avant de le rendre à Otis. Du moins, il me semble que c'est ce qu'il fait. Bien que je sois aux aguets, je ne vois rien. On grignote des cacahuètes pendant quelques secondes, puis Otis se lève.

« Gardez le reste », dit-il en s'époussetant les mains. Aucun signe de la clé. Cependant, je suis sûre qu'il l'a récupérée. Ces espions sont plus doués que des magiciens de rue. « Je dois rentrer avant que ma femme s'impatiente. J'aimerais pouvoir aller dans mon chalet en bord de lac. Je garde toujours un sac d'affaires et une carte dans ma voiture, juste au cas où j'aurais besoin de m'évader. » Après un dernier sourire, il s'éloigne tranquillement.

« Il va faire quelques tours du quartier pour vérifier qu'on n'est pas suivis, m'informe Charlie.

— On prendra sa voiture, c'est ça ? Et on y trouvera un sac d'affaires et une carte avec l'itinéraire jusqu'à son chalet ?

— Ouais. » Sa main sur mon coude, Charlie m'entraîne sur le trottoir vers la *banale Sedan beige* qu'Otis nous a montrée. « On s'arrêtera acheter des vêtements. »

~

Le temps que l'on s'engage sur une longue route en terre poussiéreuse, la nuit commence à tomber. Je me réveille en sursaut lorsque le véhicule passe sur un nid-de-poule.

« On est presque arrivés », murmure Charlie. Je lui fais un petit sourire. Je porte un T-shirt avec l'inscription *La Virginie, c'est pour les amoureux de la vie* trouvé dans une boutique pour touristes. Je remue mes orteils dans mes nouvelles tongs à paillettes. Loin des embouteillages de Washington, sur une jolie route qui longe la côte du Maryland, j'ai l'impression d'être en vacances.

« À part les fusillades et les cadavres, être un espion est plutôt sympa. »

Il hoche la tête, fait un sourire en coin. Je sais qu'il s'inquiète pour mon état mental après que j'ai presque été enlevée, mais une fois que l'adrénaline est redescendue, je me suis endormie pendant tout le trajet. Cette petite sieste m'a fait un bien fou.

C'est dingue à quel point j'ai confiance en Charlie. Je n'aurais pas pu dormir aussi facilement auprès de quelqu'un d'autre. Je me sens un peu coupable de faire peser mes problèmes sur ses épaules de super espion, mais il va les résoudre. J'en suis intimement convaincue.

Les phares éclairent une petite structure composée de panneaux gris, qui penche légèrement sur le côté. « On y est », annonce-t-il après avoir vérifié sur la carte.

L'odeur salée et quelque peu marécageuse de l'eau me parvient quand je sors de la voiture. Nous ne sommes pas devant l'océan, seulement l'un de ses bras.

Otis ne nous a pas laissé qu'une carte pour arriver ici. Charlie sort du sac des téléphones prépayés, deux ordinateurs portables et quatre revolvers. Nous avons été réapprovisionnés.

« Je dois appeler ma sœur. Et Flack. » Je viens de m'en souvenir. « Il doit se demander pourquoi je ne suis pas venue.

« Donne-lui un nouveau rendez-vous demain. On doit apprendre ce qu'il sait sur American Trade Assets. »

Charlie

J'allume le gril. J'ai acheté des steaks à l'épicerie avant de venir ici ; j'en ai pris quatre, mais je jure que je pourrais en dévorer une dizaine. Annabel va se douter de quelque chose en voyant ma faim de loup. *Ha ha.*

Merde, j'ai du mal à croire qu'elle n'a pas déjà fait le rapprochement. Les loups métamorphes sont si invraisemblables dans l'esprit des gens qu'ils refusent de voir la vérité en face.

Je parle d'expérience, bien sûr.

J'étais tellement persuadé que mon père et Nash avaient participé à un projet gouvernemental de modification ou d'amélioration génétique que je n'ai jamais soupçonné la vérité, même avec le souvenir de la mort de mon père.

Pas avant de l'avoir vu de mes propres yeux.

Je mets les steaks à cuire, ainsi que des épis de maïs. Annabel sort du chalet et me donne une bière.

« Je n'ai pas réussi à joindre Flack. Je lui ai laissé un message. Sarah et Grady vont bien, à part qu'ils tournent en rond. »

Je fais tinter le goulot de ma bière contre le sien. « Santé. »

Elle sourit, son expression douce et empreinte de gratitude. « Charlie ? Pourquoi est-ce que tu fais ça pour moi ?

— Je te devais un service. » Je réponds à côté, en essayant d'ignorer la gêne dans ma poitrine à cause de mon cœur qui se serre.

Elle secoue la tête. « Tu ne me devais pas autant. »

Je contemple les arbres et l'eau au-delà. « Tu es importante pour moi », dis-je finalement. Mes sens en éveil me permettent de remarquer qu'elle retient son souffle et que son cœur bat la chamade. Je me tourne pour la regarder dans les yeux. « C'est la vérité. Tu as une vie. Tu ne sors peut-être pas beaucoup, mais tu as une famille. Une sœur et un neveu. Je n'ai personne… et c'est volontaire. »

Un pli d'inquiétude barre son front, mais elle ne dit rien, me laisse parler.

Vider mon sac est un réel soulagement.

« Ma mère me croit mort. Officiellement, je suis décédé en servant mon pays il y a dix ans. Je n'existe plus. Je ne peux pas tisser de liens avec les gens, tu le sais. Donc, d'une façon tordue et pitoyable, tu es devenue comme ma famille. » Je retourne les steaks et le maïs sur le gril.

Elle entrouvre les lèvres.

« Ça paraît flippant, limite obsessionnel, hein ? » Je ris en baissant le nez vers ma bière. « Je ne suis pas aussi déséquilibré que j'en ai l'air, c'est promis. C'est juste que tu es la seule personne que je vois régulièrement. La seule qui sait ce que je fais. Où je suis. La seule à connaître ma vie. Quand je t'ai demandé de l'aide, tu as accepté. Sans rien me demander.

— Je t'ai quand même demandé de me rendre un service en échange. » Sa voix est triste.

« J'étais ravi. Je *voulais* faire quelque chose pour toi. Je suppose qu'au fond, j'avais envie d'un lien plus fort avec une autre personne. »

Lorsqu'elle acquiesce et détourne la tête, je prends conscience que je n'ai pas été clair.

« Non, pas simplement avec une autre personne. Avec toi. Ma belle et brillante agente de liaison. La femme qui me donne des ordres et me passe un savon quand je manque une réunion.

— On ne se connaît même pas. » Malgré sa réponse, elle me regarde avec des étoiles dans les yeux. J'ai l'impression qu'elle m'encourage à la convaincre.

« Je veux en apprendre plus sur toi, dis-je en toute sincérité. Je veux tout savoir. »

Elle se tourne de nouveau vers l'eau. « J'ai toujours su que je craquerais pour un agent. » Elle a un ton chagrin, comme si c'était une mauvaise chose. Ça l'est, j'imagine.

Ce serait déjà compliqué si je n'étais qu'un agent, mais avec mes problèmes de loup en prime, c'est carrément dangereux.

« Je suis désolé. » Et je le suis. Je n'ai jamais voulu qu'elle tombe amoureuse de moi. Merde, je ne me suis aperçu de mes propres sentiments qu'une fois qu'il était bien trop tard. Je crois que j'avais même oublié que j'avais un cœur, en vérité.

Elle secoue la tête. « Non, c'est moi. Je ne voulais pas être déprimante. Ça paraît logique que le seul homme qui m'ait jamais attirée soit inaccessible. »

Je fronce les sourcils. De quoi parle-t-elle ? « Pourquoi est-ce que c'est logique ? »

Elle boit une lampée de bière. « En général, les filles choisissent des hommes qui ressemblent à leur père, non ?

— Je vois. » J'ai envie de lui dire que je serai différent,

RENEE ROSE & LEE SAVINO

de lui promettre d'être présent, mais c'est impossible, bien sûr. Je n'ai rien à offrir à Annabel Gray. Pas même mon cœur, qui ne valait déjà pas grand-chose. Non, j'ai laissé mon cœur dans le Kentucky le jour où j'ai été recruté par la CIA et que je suis devenu une arme humaine pour mon gouvernement.

Si ce n'est que je ne suis pas humain. On dirait que je les ai bien eus, hein ?

Je sors les steaks et le maïs du feu. « Tu as faim, mon cœur ?

— Je suis affamée. »

Tant mieux. Parce que mon monstre meurt d'envie de la nourrir.

Je ne sais pas trop ce qui lui prend.

∼

Annabel

Charlie me regarde manger comme si c'était un spectacle érotique. Ses yeux ne quittent pas ma bouche pendant qu'il engloutit son assiette.

Trois steaks.

Je ne plaisante pas. Ce mec a mangé trois steaks. C'est incroyable. Il doit avoir le métabolisme le plus rapide de toute l'histoire de l'humanité. Sinon, comment serait-il capable de soulever une Harley-Davidson au-dessus d'une glissière de sécurité ?

Passer du temps avec lui, c'est comme me retrouver entraînée dans un thriller. Je retiens mon souffle, je ferme les yeux, mais je ne regrette pas d'être là. J'adore observer le beau, fort et courageux héros battre les sales types. Enfin, j'espère que c'est comme ça que cette histoire se termine.

Charlie m'aide assurément à croire que tout se finira bien, même si d'un point de vue logique, je ne partage pas son avis. Quand je m'autorise à admettre que je suis dans la mouise jusqu'au cou, que ma tête est peut-être mise à prix… Enfin, je ne peux pas me permettre ce genre de pensées. C'est trop morbide. Et puis, les vies de Sarah et Grady sont également en jeu. Donc, Charlie et moi *devons* résoudre cette affaire. Nous devons nous assurer qu'ils ne risqueront plus rien une fois que tout sera terminé.

Ainsi que Charlie. Je devrais m'inquiéter davantage des ennuis que je lui ai causés.

« À quoi est-ce que tu penses ? » Il a décapsulé une autre bière et en boit une gorgée.

« Je m'inquiète pour ton emploi. »

Il rit doucement. « Mon cœur, c'est bien une chose pour laquelle tu n'as pas à t'inquiéter.

— Pourquoi ?

— Je peux me débrouiller. Quoi qu'il arrive. Pensons plutôt à toi. Réfléchissons à ta stratégie. On cherche une preuve formelle de ce qui s'est passé au Salvador. Et ensuite ? Tu veux faire tomber les responsables ? »

Je me mords la lèvre. Est-ce ce que je souhaite ? Au départ, je désirais seulement savoir la vérité. Est-ce que je cherche désormais à obtenir justice ?

« Si tu ne le fais pas, ils continueront de s'en prendre à toi, chérie. Tu as donné un coup de pied dans un nid de frelons. Ils ont déjà commencé à te piquer. On ne peut plus faire les choses à moitié. Soit tu les élimines, soit c'est eux qui le font. »

Je pense à mon père. À la sensation de son uniforme amidonné contre ma peau lorsqu'il me prenait dans ses bras et me posait sur sa hanche. Aux médailles qu'il arborait sur son torse. Il était un héros à mes yeux. C'est toujours le cas.

Il voudrait que je prenne la bonne décision. Pour Sarah et Grady. Pour notre pays.

Je relève la tête. « Oui. Je vais les faire tomber. »

Charlie sourit, comme s'il s'attendait à cette réponse.

« C'est bien, ma chérie. Alors, mettons-nous au boulot. »

CHAPITRE DIX

Charlie

Il est tard. Je fais les cent pas dans le chalet pendant que les doigts d'Annabel courent sur le clavier. Elle hacke de nouveau la CIA pour essayer de trouver n'importe quelle information sur American Trade Assets, le groupe d'action politique qui apparaît sur les relevés bancaires de Scape.

Mes pensées d'ordinaire soigneusement rangées et ordonnées sont en fouillis. Je transpire et suis presque fiévreux, comme si le clair de lune était plus puissant que le soleil et qu'il me brûlait à travers le fin rideau devant la fenêtre du petit chalet rustique.

J'ai tellement besoin d'Annabel que j'en suis malade. La nausée me retourne le ventre, j'enfonce mes ongles dans mes paumes. Même mon désir de muter et d'aller courir ne réussit pas à m'éloigner d'elle, bien que rester en sa présence me tue. Mes bras et mes jambes commencent à trembler. Bon. Je dois sortir d'ici.

« Je vais courir. »

Annabel cesse de marteler le clavier et se retourne. Ce qu'elle voit sur mon visage la fait reculer. Elle se lève et me touche le bras avec des yeux apeurés.

« Charlie. »

Elle a raison d'avoir peur. Elle devrait redouter ce qui arrivera si je reste.

« Je suis désolé, chérie. Je ne tiens pas en place. Et rester ici avec toi… ça me fait perdre la boule. »

Le chagrin passe sur ses traits, mais je baisse les yeux vers mon sexe qui se dresse, dur comme la pierre, et elle comprend.

Elle déglutit et pose la main sur mon entrejambe, me prenant douloureusement par surprise.

Je grogne. « Bébé, je ne peux pas.

— On dirait que tu as besoin d'aide.

— C'est vrai… enfin… *oh.* »

Elle a déjà ouvert ma braguette, sorti ma queue et la serre dans sa main.

Je manque de jouir sur-le-champ. Pendant que je plonge ma main dans sa chevelure et que j'attire sa bouche vers mon membre, je laisse échapper des trucs du genre : « Non… je ne peux pas… »

Puis je la ferme. Elle prend ma bite entre ses belles lèvres charnues et mes yeux se révulsent.

« Bon Dieu, Annabel. Arrête. Je veux dire, *continue.* Oh, putain ! » Je donne des coups de hanches comme un connard, je l'étouffe avec mon sexe, mais je ne peux pas me retenir. Il n'y a aucun moyen d'arrêter le monstre maintenant qu'il a été libéré.

Ma vue change, le parfum d'Annabel devient plus fort.

Annabel.

Seulement Annabel.

Mon adorable, adorable Annabel.

Je dois l'avoir.

Dois. Posséder.

Je suis beaucoup trop brutal. J'attrape sa nuque pour la maintenir et je baise sa bouche, m'enfonce plus loin et plus fort à chaque fois.

Une odeur salée me fait reprendre mes esprits. Des larmes scintillent sur ses cils.

Inacceptable.

Je réussis à m'extirper de sa bouche et à trébucher en arrière, mais elle se déplace avec moi.

Cette belle femme, cette femme géniale ne me permet pas de m'éloigner. Elle se redresse et me suit, me pousse sur le canapé.

« Oui, non. » Je halète. La chaleur picote ma peau tandis qu'Annabel enlève son jean et sa culotte, puis chevauche mes genoux.

Elle se penche et me mord l'oreille. « Tu as une capote ? »

Je ne comprends pas le sens de son chuchotement. Je n'ai conscience que du désir incroyable de la posséder dans toutes les positions imaginables, dans tous les orifices. De m'assurer qu'elle sait à qui elle appartient.

Mais ce n'est pas possible. Je ne peux pas la revendiquer comme si elle n'était qu'une propriété. C'est le monstre qui pense ainsi.

Annabel fouille mes poches, et je finis par comprendre ce qu'elle cherche. Je sors un préservatif. Elle déchire l'emballage et déroule la capote sur mon érection gonflée.

Je l'attire à nouveau sur mes genoux et l'embrasse avec une possessivité agressive. Son goût m'évoque le miel et les pommes. La perfection. Ma langue glisse entre ses lèvres pendant que mon sexe s'enfonce entre ses cuisses. Je pose une main sur ses fesses alors qu'elle se frotte contre ma virilité palpitante. Sans détacher ma bouche de la sienne, je nous fais tourner sur le canapé. Elle se retrouve sur le dos, ma main protégeant l'arrière de son crâne. Je l'attire vers moi, puis aligne mon membre avec l'endroit où il crève d'envie d'être.

Pendant tout ce temps, je ne peux cesser de l'embrasser. Je mords sa lèvre inférieure, lèche sa langue, la dévore. Quand je plonge dans sa chaleur mouillée, des feux d'artifice explosent sous mes paupières.

Et ils continuent d'exploser. Je fais des va-et-vient frénétiques en elle, chaque coup de reins me procure un plaisir bouleversant, chaque baiser est une nouvelle promesse.

À moi, rugit le monstre.

À moi, rien qu'à moi.

À moi pour toujours.

Charlie est encore là quelque part, il sait que ce n'est pas bien, mais je ne peux pas arrêter le loup. Il obtiendra ce qu'il veut, et il veut Annabel.

Elle n'a pas la moindre chance. Elle sera revendiquée cette nuit.

À moi, à moi, à moi.

Bon Dieu, c'est si bon. J'ai l'impression d'être né pour ce moment précis, pour m'unir avec elle, corps et âme. C'est une communion qui va bien au-delà du sexe. Les galaxies, l'univers et la moindre particule microscopique qui le compose veulent nous voir ensemble.

J'en suis certain.

Rien ne pourrait nous séparer.

Je la baise, la baise, la baise.

Lorsqu'elle rejette la tête en arrière et hurle, je couvre sa bouche d'une main, plaque ma paume sur ses belles lèvres et appuie mon pouce dessus.

Elle le suce.

Mon autre main remonte sous son T-shirt, où elle a rêvé d'être toute la soirée. Je pince et tiraille ses mamelons.

Je vais la baiser toute la nuit. Et ensuite, je la lècherai

jusqu'à ce qu'elle jouisse, puis je l'attacherai sur le lit et je torturerai chaque centimètre de son corps avec ma langue. Je la ferai chanter et crier jusqu'à ce que la foutue lune se couche.

Mais il se passe tout à coup quelque chose de sidérant. Comme un accident de voiture ou une renaissance. J'ai l'impression que mon corps est démembré, puis réunifié.

Le monstre rugit.

Je jouis.

Annabel aussi.

Le bonheur m'envahit. De la joie pure.

Puis ma langue est couverte de sang, et le cri d'Annabel résonne dans la nuit.

～

Annabel

UNE DOULEUR BRÛLANTE ME TRAVERSE, m'écartèle.

Il m'a mordue.

J'ai du mal à y croire, mais Charlie fait un bond en arrière et atterrit sur les fesses. Du sang goutte de ses canines surdimensionnées.

Et ses yeux.

Bleu glace.

Exactement comme ceux du loup dans la cage d'escalier. Comme ceux du loup près du chalet.

Des frissons glacés parcourent mes bras. Non, c'est impossible.

Les loups-garous n'existent pas.

Mais il n'y a aucune autre explication. Merde, Charlie est un loup-garou !

Et il m'a mordue. Alors que ce matin encore, j'aurais pu jurer qu'il me protégerait de tous les dangers.

« Recule ! » dis-je en criant, même s'il l'a déjà fait. Je sors le Glock de mon sac avec des mains tremblantes. Du sang tache mon T-shirt autour de mon épaule droite.

Des souvenirs me reviennent en tête. Charlie qui part courir seul la nuit. Le loup qui a voulu défoncer la porte du chalet. Le loup qui a apparu dans la cage d'escalier au moment où Charlie n'était plus joignable. Tout colle.

J'aurais mis ma main à couper que rien ne pouvait déstabiliser Charlie Dune, mais ses yeux sont emplis d'horreur. Il n'a pas l'air sur le point d'attaquer. Il semble effrayé par ce qu'il a fait.

« Tire-moi dessus », murmure-t-il.

Mes mains tremblent alors que je lève l'arme et vise entre ses yeux. Ma respiration est irrégulière.

« Fais-le », dit-il plus fort.

J'essaie de conserver une expression impassible, mais je sens qu'elle s'effondre. Je ne suis pas une guerrière comme mon père ou Charlie. Je n'ai pas été capable de tirer une balle dans la tête du loup quand il a tenté d'entrer dans le chalet. Je ne pourrai jamais le faire maintenant, lorsqu'il est effrayé et sous forme humaine. Mais je sais qu'il n'a pas peur de moi. Il a peur *pour* moi. Et c'est pour cette raison que je garde le revolver braqué sur lui.

« Depuis combien de temps ? Depuis combien de temps est-ce que tu es un loup ?

— Un mois, je dirais, dit-il entre ses dents.

— Tu dirais ? » Ma voix devient plus aigüe. « Putain, c'est quoi ces conneries, Charlie ?

— Je ne sais pas… Peut-être toute ma vie. Mon père en était un. Mais je n'ai muté pour la première fois que le mois dernier. Après le Honduras. Je te l'aurais dit si j'avais trouvé un moyen d'être crédible.

— Alors, je suis un loup-garou aussi, maintenant ? » Je ne peux empêcher ma voix de faire des trémolos.

Charlie essuie le sang sur ses lèvres. Le remords est flagrant sur son visage. « Je ne sais pas. » Ses mots sont à peine audibles. « Mais tu devrais m'abattre. Avant que je recommence. »

Je déglutis. « Je t'ai déjà tiré dessus une fois. Au chalet. »

Il pointe le milieu de son front. « Ici, Annabel. »

Je devrais le faire. Charlie Dune a perdu le contrôle. Il m'a blessée. Il pourrait faire du mal à quelqu'un d'autre. Mais le tuer n'est pas dans mes cordes.

« Fais-le ! » rugit-il.

Son cri me fait sursauter, mais je ne peux toujours pas tirer. Une larme roule sur ma joue.

« Annabel, je suis dangereux pour toi. Je ne sais pas de quoi d'autre je suis capable. Tu dois m'abattre. Je préfère que ce soit toi qui le fasses plutôt que quelqu'un d'autre. S'il te plaît. »

Mon doigt se crispe sur la détente.

Mais tirer est une impossibilité. Même s'il me hurle de le faire.

Mes lèvres tremblent. « Lève-toi. » Je fais un geste avec le revolver.

« Tire-moi dessus, murmure-t-il à nouveau.

— Debout ! » Je répète mon ordre avec plus d'autorité.

Charlie se relève, enlève la capote et rentre son sexe dans son jean.

« Va-t'en. » Je montre la porte avec mon arme.

« Annabel, je reviendrai. Je trouverai un moyen d'entrer. Tu es comme une drogue pour moi. » Il m'implore. Il veut que je l'abatte.

Je *ne peux pas.*

« Va-t'en ! »

Charlie s'éloigne vers la porte, l'ouvre et sort. « Verrouille-la, mon cœur », marmonne-t-il avant de fermer derrière lui.

~

CHARLIE

SEIGNEUR, qu'ai-je fait à Annabel ? J'aurais tant voulu qu'elle me tire dessus.

Je ne ressens pas la peur, d'habitude. J'ai appris à éliminer cette émotion il y a bien longtemps. Mais je suis terrifié pour Annabel.

Je lui ai fait du mal.

J'ai blessé ma bien-aimée.

Annabel.

Je repasse la scène dans mon esprit. La profondeur des blessures, leur emplacement. Combien de sang elle a perdu.

Non, la morsure n'est pas mortelle. Si elle ne s'infecte pas, elle guérira même sans soins médicaux.

Je reste sur la terrasse et fixe la lune.

Qu'ai-je fait ?

Le plus étrange, c'est que je ne ressens plus le besoin de muter et d'aller courir. Je suis plus calme que toutes les autres nuits de cette semaine. Plus concentré.

Je monte dans la camionnette que l'on a volée avant de venir. Je passerai la nuit ici pour veiller sur Annabel. Demain matin, je la suivrai comme son ombre où qu'elle aille, sans me faire voir. Je ne peux pas la laisser sans protection. Pas avant que cette mission soit terminée.

Mais je ne peux pas non plus rester dans la même pièce qu'elle.

Je représente un terrible danger pour elle.

Annabel

Un sentiment de trahison me stupéfie et me laisse sur le carreau, même si je commence à croire que Charlie n'a pas réussi à se contrôler. Je ne pense pas qu'il m'ait volontairement attaquée.

Je cours jusqu'à la salle de bains et enlève mon T-shirt pour examiner la blessure. Quatre plaies d'un peu plus d'un centimètre de profondeur marquent ma peau.

Ça aurait pu être pire. Aucune artère n'a été touchée. Je n'ai pas perdu énormément de sang. Pourtant, j'ai la tête qui tourne.

Je me tourne et vomis dans la cuvette des toilettes. La pièce tangue. Bon Dieu, suis-je en train de me transformer en loup-garou ?

Vais-je commencer à mordre des gens à la pleine lune, moi aussi ?

Je chancèle jusqu'à la chambre et m'écroule sur le lit. Mes paupières sont lourdes, trop lourdes pour que je garde les yeux ouverts. C'est comme si j'avais bu quelques verres de trop et que l'alcool me faisait perdre connaissance.

Ouais, je perds connaissance…

Le grincement du plancher me réveille.

Charlie ?

Est-il de retour ? Bien sûr, j'ai verrouillé la porte, mais

aucun verrou n'arrêterait Charlie Dune s'il voulait entrer. Cependant, je ne pensais pas qu'il le ferait.

Le soulagement n'est pas un sentiment assez fort pour décrire ce que je ressens à l'idée qu'il soit revenu. C'est plutôt comme une célébration. Comme si tout allait mal un instant plus tôt, mais que tout était rentré dans l'ordre.

Lorsque la poignée de la porte tourne lentement, les poils de ma nuque se dressent.

Ce n'est pas Charlie.

Mon instinct prend le dessus. Je me jette à côté du lit et roule en dessous juste avant que la porte s'ouvre en grand.

Quelqu'un grogne, un corps tombe à terre.

Je parviens à étouffer mon cri.

Des coups de feu dans le salon font trembler le chalet. Je rampe pour récupérer le pistolet sur la table de chevet. D'après les bruits d'un combat à mains nues, entrecoupés de coups de feu, j'en déduis que Charlie est là et qu'il se bat pour me protéger.

J'essaie d'allumer la lampe près du lit, sans résultat. L'électricité a été coupée. Je me lève et cours vers la porte juste au moment où une balle fait voler en éclats la fenêtre de la chambre.

Charlie m'appelle quand je me rallonge sur le sol. « Annabel ?

— Un tireur à l'extérieur. » Je suis étonnée par le calme avec lequel je fais mon rapport.

De nouvelles détonations retentissent depuis le salon. Tout à coup, Charlie se tient dans l'embrasure de la porte, éclairé par le clair de lune qui passe par la fenêtre. « Reste à terre. Mets-toi derrière le lit. » J'entends ses pas silencieux sur les bris de verre. Il court jusqu'à la fenêtre, s'accroupit et tire deux fois avant de baisser le bras.

Comprenant que son chargeur est vide, je fais glisser mon arme dans sa direction.

« Tiens.

— Merci. » Il ramasse le revolver et tire trois coups supplémentaires. « Il en reste au moins deux dehors. Trois d'éliminés. »

Je rampe vers le placard en me souvenant du sac en toile rempli d'armes. Lorsque j'ouvre la porte, Charlie me rejoint. « Prends le semi-automatique. Donne-moi deux pistolets. »

Je les sors du sac, avec les magasins.

« Reste derrière moi. » Il se déplace furtivement à travers le chalet. Je lui emboîte le pas en serrant l'arme à deux mains.

Des coups de feu éclatent dès qu'il ouvre la porte d'un coup de pied. Il me plaque contre le mur entre la porte et la fenêtre. Je compte les tirs. Huit. Dix. Quatorze. Quinze.

« Reste ici. » Charlie sort en courant, un pistolet dans chaque main, bras tendus dans deux directions. Il tire quatre balles.

Une silhouette s'écroule.

« Couvre-moi. » Charlie s'éloigne sur le chemin en terre en direction de notre véhicule.

Je ne sais pas vraiment comment faire ça, mais je tire une rafale de balles vers les arbres, dans la direction opposée à Charlie. Je ne voudrais surtout pas le toucher accidentellement.

Sauf que… à moins de tirer entre ses yeux, les balles semblent ne lui faire aucun effet.

J'entends des coups de poing, des grognements et des heurts. Je sors avec prudence du chalet et me dirige vers le bruit, braquant le revolver à gauche et à droite pendant que j'avance.

Derrière la camionnette, Charlie affronte le directeur Scape.

« Ne bougez pas ! »

Les deux hommes ne me prêtent aucune attention. Charlie pousse brutalement Scape contre un tronc d'arbre et lui cogne le crâne contre le bois.

« C'est pour ça que je t'ai gardé en vie, maugrée-t-il avant de lui donner un coup de poing dans le ventre.

— Ouuf. » Scape se plie en deux. « Pourquoi ?

— Pour Annabel. Pour que tu lui dises la vérité. Vas-y. » Il lui envoie un crochet du droit dans la mâchoire.

Le directeur crache du sang et éclate de rire. « La vérité ? C'est moi qui décide ce qu'est la vérité. Je suis à la tête de la CIA, bordel !

— Qui a tué mon père ? » Je ne pensais pas poser cette question, mais c'est celle qui sort.

Scape se gausse. « Moi. J'ai tué votre père quand il a désobéi aux ordres. »

Je ne devrais pas tenir une arme, parce que je suis beaucoup trop prête à m'en servir. Entre mes dents serrées, je demande : « Quels ordres ? »

Charlie met une autre droite à Scape.

« Il avait l'ordre de détruire le village. De relancer les affrontements. Il a refusé d'obtempérer. J'ai dû me rendre là-bas et faire le ménage à sa place.

— Qui a donné cet ordre ? Vous ? »

Scape esquisse un sourire ensanglanté. Avant que je ne me rende compte que je me suis approchée trop près, il fait pivoter mon arme d'un mouvement rapide de la main, la pointe sur Charlie et presse la détente.

Malgré le sang qui s'écoule de son épaule et de son flanc, Charlie referme les mains autour de la gorge de Scape et lui brise le cou.

« Charlie !

— Je vais bien. Ce n'est rien. » Il appuie sur sa blessure au ventre tout en tapotant du pied le corps flasque du directeur, comme pour s'assurer qu'il est bien mort.

Apparemment peu inquiet de ses blessures, il sort son portable de sa poche arrière et me le donne. Le dictaphone est activé ; il a enregistré toute la confession.

« On a notre preuve. Tu es libre, maintenant. »

CHARLIE

JE PRENDS le téléphone et le portefeuille de Scape. J'ai déjà fouillé les hommes dans le chalet. Aucun n'avait de portable ni de papiers d'identité sur lui. Je dois trouver leur véhicule.

Je hume l'air. J'arrive de mieux en mieux à identifier les différentes odeurs qui m'entourent, mais je ne détecte aucun nouvel humain. Je leur ai tous réglé leur compte.

Je palpe le corps du type que j'ai abattu dans les arbres. Il est mort, pas de pièce d'identité.

« Viens, on te ramène à l'intérieur », dis-je d'un ton circonspect. Annabel n'a pas bougé. Je peux sentir sa peur, son choc. Je ne sais pas si elle me laissera entrer dans le chalet, mais je dois au moins m'assurer qu'elle n'est pas blessée. Le besoin de prendre soin d'elle est accablant. Une fois que je serai sûr qu'elle ne risque rien, qu'elle peut retrouver sa famille et sa vie normale, je m'en irai. Je dois m'éloigner de tous ceux à qui je pourrais faire du mal.

« Ils… ils sont tous morts ? »

Je ne sens que la mort. J'acquiesce. Bien qu'il n'y ait plus de danger, je reste sur mes gardes, à l'affût de tout ce qui pourrait menacer ma compagne.

Compagne ? Quel choix de mot étrange.

Une voiture est garée sur le chemin en terre quelques centaines de mètres plus loin. À l'intérieur, je trouve les cartes d'identité et les téléphones des tireurs. J'emporte le tout. Lorsque je reviens au chalet, je remets l'électricité en route. La lampe se rallume dans la chambre.

Annabel est toujours sur le pas de la porte. Elle n'a pas bougé, comme si elle ne voulait pas entrer seule.

Je m'approche et tends la main, hésitant. Elle se jette dans mes bras.

« Charlie, murmure-t-elle d'une voix étranglée.

— Tout va bien. » Je caresse ses cheveux soyeux. « C'est terminé. C'est fini. »

L'odeur du sang qui perle sur la morsure atteint mon nez. Ma poitrine se comprime.

Elle renifle, ses larmes mouillent mon cou. « Et maintenant ? »

Je me redresse et m'écarte pour essuyer ses joues. « Maintenant, tu te rends. Contacte quelqu'un en qui tu as confiance. Fais des copies de cet enregistrement pour que personne ne puisse se débarrasser de toi. Tu ne risques plus rien. Ta sœur et ton neveu peuvent rentrer chez eux. Tu peux retrouver ton emploi. »

Ses lèvres tremblent. « Et toi ? »

Merde.

Je préférerais me couper un bras plutôt que quitter Annabel… mais je suis dangereux pour elle.

« Je vais disparaître. »

Une ride de tristesse barre son front. « Qu'est-ce que ça veut dire ?

— Je dois apprendre à contrôler le loup avant que quelqu'un d'autre ne soit blessé. » Mes yeux se posent sur son haut trempé de sang, et elle touche la morsure du bout des doigts.

« Tu connais des gens comme toi à qui tu peux parler ? Ils pourront peut-être te dire comment t'en débarrasser ? Ou quoi faire pour éliminer les effets ? »

Je pense à Jared et à sa meute, à Tucson. J'opine du chef. « Peut-être. Oui. C'est par là que je commencerai.

— Où sont-ils ? »

Je touche son nez. « Je ne compte pas te le dire, mon ange. Disparaître, ça veut bien dire ce que ça veut dire. »

Sa mâchoire se contracte, elle lève le menton. « Je pourrais t'aider. J'aimerais t'aider. »

Je ne sais pas comment je réussis à rester debout. La terre semble trembler et s'ouvrir sous mes pieds. Je pose la main sur sa nuque et appuie mon front contre le sien.

« Si j'ai besoin de quoi que ce soit, je te contacterai. » C'est un mensonge.

On sait tous les deux que c'est un adieu.

« Et si j'ai besoin de toi ? » Sa voix s'élève. « Et si je me transforme en louve et que je me mets à attaquer des gens, moi aussi ?

— Tu sais comment me faire parvenir un message. » Tous les agents secrets ont accès à un serveur sur lequel ils peuvent envoyer et recevoir des communications. Même si je ne fais plus partie de la CIA, je pourrai continuer à consulter le mien. « Je t'écrirai pour te dire tout ce que j'apprends sur ta morsure. Je te le promets.

— Alors, c'est fini ? » Quand j'entends sa voix se briser, je tombe presque à genoux.

Je caresse sa joue du pouce. « Je t'aime, Annabel Gray. »

Ça me semble important de le lui dire. Surtout si je ne la revois jamais. Elle doit savoir la vérité.

« Charlie…

— Ce n'est pas grave, tu n'as pas à me répondre. Je voulais juste que tu le saches. Ce n'était pas que du sexe au détour d'une mission pour moi. C'était même tout l'inverse. »

Des larmes s'échappent de ses beaux yeux gris. « Pour moi aussi. »

Je prends son visage entre mes mains et essuie ses larmes.

« Si tu as besoin de moi, je viendrai. C'est une putain de promesse.

— Je sais, souffle-t-elle.

— Tant mieux. »

Mes yeux brûlent. Je prie le Seigneur pour qu'elle n'ait jamais besoin de mon aide.

Non, c'est faux. Mais je ne peux pas espérer avoir une seconde chance avec Annabel. Ce fantasme me tuerait.

Je me penche lentement vers elle, mes lèvres effleurent les siennes. « Au revoir, Annabel. »

Elle dépose un rapide baiser sur ma bouche avant de s'écarter et de me tourner le dos. « Au revoir. »

CHAPITRE ONZE

Annabel

Je sors de la forêt au volant de la voiture, le moral dans les chaussettes. Laisser Charlie partir m'a presque tuée. Je voulais courir après lui, lui proposer de le déposer quelque part ou de manger un repas chaud. Mais je sais qu'il n'a besoin de rien. Si quelqu'un est capable de survivre en ne comptant que sur son intelligence, c'est bien Charlie Dune.

Je suis stupide de m'accrocher à l'espoir qu'il résoudra ses problèmes et qu'il fera à nouveau partie de ma vie. Même s'il n'était pas un loup, l'idée serait ridicule. Il n'est pas comme ça. C'est un espion qui travaille seul. Une arme redoutable du gouvernement.

Il n'y avait aucune chance qu'il emménage avec moi et que l'on forme un mignon petit couple. Il n'a jamais été question qu'il reste.

Et je le savais depuis le début.

Dans ce cas, pourquoi ai-je l'impression d'être tombée d'une falaise et d'avoir atterri à plat ventre sur un sol désertique ?

Je sors un portable prépayé et appelle Sarah.

« Annabel ! Pitié, dis-moi qu'on peut se tirer de ce maudit chalet.

— Ouais. Vous êtes libres.

— Alléluia ! On devenait fous, avec Grady. Et je me faisais un sang d'encre pour toi. Enfin, juste un peu, parce que je sais que ton super agent est avec toi. Comment va ce beau gosse, au fait ?

— Hum, ça va. » Ma voix tremble.

« Merde. Bel, qu'est-ce qui s'est passé ?

— Rien. Il devait s'en aller, c'est tout.

— Connard.

— Non, ce n'est pas ça. Pas du tout. » Je touche ma blessure à l'épaule. « Il a juste des problèmes personnels qu'il doit régler. »

J'éclate en sanglots comme un fichu bébé.

« Oh, Bel, je suis vraiment désolée. Il avait l'air d'être un mec génial. Et de vraiment t'apprécier. »

J'essuie mes larmes. « Ouais. C'est vraiment un type bien. Exactement le genre d'homme dont je voudrais comme partenaire. Dommage que je sois toujours attirée par des mecs qui ne peuvent pas être en couple.

— Comme papa », dit Sarah d'une voix douce. Elle a épousé un militaire, et il a fini par lui préférer l'armée. Il ne voulait pas endosser son rôle de père.

« Ouais, j'imagine que tu sais très bien de quoi je parle. »

On reste silencieuses, se contentant de partager nos chagrins respectifs. Le nôtre.

« En revanche, j'ai appris qui a réellement tué papa. »

Sarah prend une brusque inspiration. « Dis-moi. »

Je lui raconte l'histoire sans rien omettre, ce qui m'occupe pendant toute la durée du trajet jusqu'à Washington.

« Tu vas faire quoi, maintenant ?

— Je pense que je vais appeler le sénateur Flack. Lui apporter l'enregistrement vocal et lui demander comment procéder. Juste après avoir pleuré toutes les larmes de mon corps dans une chambre d'hôtel.

— Tu veux que je vienne ? Je pourrais te prêter mon épaule pour pleurer. On peut être dans un avion en un clin d'œil. »

Mes yeux s'emplissent de nouvelles larmes, ma poitrine se serre. « Non, vous devez rentrer chez vous. Mais merci. Je t'aime. »

Je fonds incontrôlablement en larmes. « Il a dit qu'il m'aimait, dis-je en hoquetant. Et je ne le lui ai pas dit. »

Sarah fait un bruit de commisération. « Je suis sûre qu'il le sait. Tu n'es pas douée pour cacher tes émotions.

— Ouais, mais je regrette de ne pas le lui avoir dit.

— Tu as un moyen de le contacter ? »

Je renifle. « Oui. Mais je devrais parler en code.

— Écoute, si c'est important pour toi, envoie-lui un message. Dis-lui que tu l'attendras s'il règle ses problèmes. Enfin, si c'est ce dont tu as envie. »

Je ne *veux* pas en avoir envie. L'attendre, mais combien de temps ? Des mois ? Des années ? Sans jamais savoir s'il est vivant ? Ça paraît horrible. Et pourtant, l'alternative — perdre tout espoir de le revoir un jour — est bien pire.

« Ouais, peut-être. Merci, Sarah.

— Rappelle-moi. Préviens-moi dès que tu as un nouveau numéro sur lequel je peux te joindre.

— Je le ferai. Je t'aime, ma sœur.

— Je t'aime. »

Je me gare sur le parking d'un hôtel Sheraton. Il est temps de prendre une douche, de pleurer un bon coup et de continuer.

Sans Charlie.

Ça semble impossible, mais c'est ce que je dois faire.

~

Charlie

Je prends ma moto flambant neuve pour me rendre jusqu'aux entrepôts situés au sud de la voie ferrée, là où les métamorphes de Tucson organisent leurs combats illégaux. Je me suis créé de nouveaux papiers d'identité avant de prendre le premier vol que j'ai pu trouver pour l'Arizona. À mon arrivée, j'ai acheté cette moto. Je me suis dit que ça m'aiderait à passer inaperçu et à partager un point commun avec la meute.

En vérité, j'aime ces sensations. La puissance et la vitesse me rappellent ce que je ressens quand je cours sous ma forme de loup. C'est sans doute pour cette raison que les métamorphes apprécient autant les deux-roues.

Plusieurs motos sont garées devant l'entrée de l'entrepôt. Je me gare à côté d'elles. J'hésite à entrer. Même dans les forces spéciales, j'étais un solitaire. Ce n'est pas que je sois incapable de me faire des amis, mais je ne suis pas particulièrement sociable.

Ou peut-être que j'hésite parce que mon cœur a été réduit en miettes et que je ne suis plus que l'ombre d'un homme. Mais je dois entrer. Pour savoir ce qui va arriver à Annabel… et à moi.

Je pousse la porte sans toquer. Quatre types musclés interrompent leur conversation et tournent la tête vers moi.

Je les reconnais tous ; ils étaient présents la dernière fois que je suis venu ici. On m'a entraîné à ne jamais oublier un visage. Jared se tient debout derrière son ami avec des piercings. Garrett Green est l'alpha de la meute, celui dont la petite amie avocate a sorti Jared de garde à vue. Le quatrième type est massif, une véritable armoire à glace avec des cheveux coupés en brosse à la façon d'un soldat. Il avait le rôle du videur le soir du combat.

« Tiens, tiens, il a survécu à la pleine lune », dit lentement Jared.

Son ami se marre. « Tu as eu peur de faire un massacre ? »

Je n'ai plus une once d'humour en moi. Je m'approche et empoigne la chemise du mec. Il se met à gronder pendant que les trois autres s'approchent et nous encerclent.

« J'ai mordu une fille. J'aurais pu la tuer.

— Tu l'as marquée. » C'est Jared qui a parlé. Ses mots me parviennent à travers ma colère. Il dit quelque chose d'important.

Je lâche la chemise de son ami et fais volte-face. « Je l'ai *quoi ?*

— Tu l'as marquée, tu en as fait ta compagne. Elle a survécu ? »

Je saisis le T-shirt de Jared. J'ai envie de le rouer de coups en l'entendant mentionner le potentiel décès d'Annabel avec décontraction.

« Tu aurais dû me le dire, putain ! »

Jared approche sa grosse main de ma gorge, et c'est parti. Je meurs d'envie de me battre. J'esquive son coup, recule hors de sa portée et le frappe au ventre. Les trois autres loups reculent et croisent les bras.

« Elle a survécu ? demande-t-il entre ses dents en chancelant en arrière.

— Ouais, mais pas grâce à toi. » J'envoie le poing. Il l'évite et m'attaque. Je m'accroupis, tends la jambe pour le faire tomber. Il se relève en un clin d'œil et fond sur moi en faisant voler ses poings. Je pare, j'essaie de le toucher dans les côtes, mais il bloque mon coup.

« J'ai essayé de te le dire. Tu m'as raccroché au nez. Je t'ai même rappelé. »

Je m'en souviens, à présent. Le téléphone sonnait quand je l'ai écrasé sous mon talon.

Merde. J'aimerais que ce soit la faute de Jared, mais il n'en est rien. Ce n'est que la mienne.

Je me dégage, mais il attrape mon T-shirt et me soulève. Il me fait reculer, puis me projette contre le mur.

Je lève les bras pour m'accrocher à une poutre, passe mes mollets autour du cou de Jared et serre.

« Alors, qu'est-ce qui va lui arriver ? »

Il saisit mes jambes et tente de libérer sa gorge.

« Elle… est marquée pour toujours… de ton odeur, répond-il entre deux halètements. Aucun… autre loup… la touchera. »

Je le lâche et me laisse tomber au sol.

« C'est tout ? Elle ne va pas se transformer en louve ? »

Les quatre métamorphes ricanent. « On n'est pas des sangsues, mec. C'est impossible de transformer quelqu'un en loup, dit celui avec les piercings.

— À moins d'être un savant fou comme le Dr Smyth », maugrée Garrett.

Mon soulagement est si puissant que mes jambes se dérobent presque. « Alors… elle va bien ? À part qu'elle porte mon odeur ? »

Jared m'envoie un crochet du droit. Je me laisse toucher, parce que franchement, je le mérite. Il percute le côté gauche de ma mâchoire et me fait partir en arrière.

Un sourire bon amusé se dessine sur ses lèvres. « Tu t'es laissé toucher, je me trompe ? »

Je hausse les épaules.

Il me tend la main et je l'accepte. Après m'avoir aidé à me relever, il me présente aux autres.

« Les gars, voici l'agent Dune. Je vous ai parlé de lui. »

Celui avec les piercings s'appelle Trey, et le plus baraqué Tank. Il porte bien son nom.

« Bon, tu veux entendre la bonne ou la mauvaise nouvelle ? me demande Jared.

— La mauvaise.

— La mauvaise nouvelle, c'est qu'une fois que tu as marqué une femelle, tu n'es plus capable de la quitter. C'est ton rôle de la protéger jusqu'à votre mort. L'instinct sera là, même si l'humain en toi essaie de nier votre lien. »

J'assimile l'information en silence. Ça pourrait être pire. Bien pire.

« Mais je ne lui ferai pas de mal ? Je ne la mordrai plus ?

— Tu ne lui feras jamais de mal. S'il le faut, tu tueras pour la protéger, répond Tank.

— Je l'aurais fait, même sans ça. »

Garrett, Jared et Tank hochent la tête en souriant, comme s'ils savaient exactement ce que je ressens.

« Et la bonne nouvelle ?

— La bonne nouvelle, c'est que tu ne risques plus d'attraper le mal de lune. La folie survient quand un loup ignore son besoin de prendre une compagne, quand il tourne le dos à son instinct le plus naturel. Tu l'as marquée, c'est fait. On n'aura pas besoin de jouer les baby-sitters à la prochaine pleine lune. »

J'ai du mal à le croire. Je ne suis pas dangereux. Ni pour Annabel ni pour personne.

Le besoin de la retrouver au plus vite est si fort que je dois me retenir de prendre mes jambes à mon cou.

Le coin de la bouche de Garrett se soulève. « Elle s'appelle comment ?

— Annabel. Et je dois lui dire tout ça. Tout de suite. Merci pour ces informations, les gars. Je vous recontacterai. »

Trey renifle d'un air moqueur. « Reste boire une bière, la prochaine fois. »

J'ai déjà commencé à m'éloigner, mais je lance par-dessus mon épaule : « Ouais. Ça me plairait. Merci.

— Dune », m'appelle Garrett.

Je me retourne. « Ouais ?

— Les loups ont besoin d'une meute. Surtout un loup qui découvre sa nature. »

Je fronce les sourcils. C'est quoi, une confrérie ? « Merci, mais, euh… en général, je travaille seul.

— Ouais, je pige. Mais si tu étais venu nous voir plus tôt, on aurait pu t'aider avec le mal de lune. Ou au moins t'expliquer ce qui se passait. »

Il a raison. J'ai été un connard, le mec incapable de s'arrêter pour demander son chemin. J'ai tout foutu en l'air avec Annabel parce que j'ai joué les loups solitaires.

« Tu veux dire que tu m'accepterais dans votre meute ? »

Garrett hausse les épaules. « Tu y as une place, si tu veux. Tu as aidé à secourir le gosse de Nash. Et puis, ce serait sympa que quelqu'un qui bosse pour le gouverne-ment soit de notre côté, pour une fois. »

Je secoue la tête. « Je quitte la CIA. Et j'ai une femelle à protéger. »

Une femelle. Voilà que je parle comme eux.

« Dites… » Je ne travaille plus, mais je ne peux m'em-pêcher de poser la question. « Vous connaissez un certain Lucius Frangelico ? Est-ce que c'est l'un d'entre vous… d'entre nous ? »

Garrett retrousse les lèvres. « Certainement pas. C'est une putain de sangsue. »

Je le regarde quelques secondes sans rien dire, avant de comprendre. « Tu te fous de moi. Les *vampires* existent vrai-ment aussi ?

— Ouais, et celui-là est dangereux, dit Trey. Qu'est-ce que tu sais sur lui ? »

Ça ne me dérange pas de partager ces informations avec eux. J'estime que je leur dois bien ça pour leur aide. « La CIA l'a mis sous surveillance, mais il m'a grillé chaque fois que je l'ai approché. On m'a retiré de l'affaire et j'ai entendu dire que l'agent suivant s'est fait buter. »

Trey siffle.

« Il est soupçonné de plusieurs crimes, y compris de trafic d'armes et de drogue, mais je ne pense pas que le gouvernement sache précisément dans quoi il trempe.

— Il est sur le point d'ouvrir une boîte de nuit dans le centre-ville en concurrence directe avec les deux autres bars paranormaux, m'explique Trey. Et il a clairement fait savoir qu'il veut devenir le maître de cette ville et chasser sur notre territoire. On n'est pas contents. » Une lueur insolite scintille dans ses yeux quand son monstre s'approche de la surface.

« Non », confirme Garrett en un grondement. Une énergie similaire à celle que je ressens juste avant de muter vibre dans l'air. « Pas contents du tout.

— Soyez prudents. Contactez-moi si je peux vous aider », dis-je sans réfléchir.

Bizarre. Peut-être que l'idée d'appartenir à une meute ne me déplaît pas tant que ça, au fond.

« Ce sera difficile, étant donné que j'ai pas ton numéro », remarque Jared d'un ton sec.

Je sors mon portable et lui envoie un message avant de m'éloigner vers la sortie. « Voilà. Maintenant, vous l'avez. Je compte sur vous pour l'utiliser. »

Le sourire de Jared semble involontaire. « On dirait presque que tu as envie de nous revoir. »

Je ris doucement en ouvrant la porte. « Ouais. Peut-être bien. »

～

Annabel

Je me traîne pour continuer à fonctionner. Prendre une chambre au Sheraton. Acheter de nouveaux vêtements. Me doucher. Me nourrir.

J'ai l'impression de nager dans de la boue.

Mes pensées ne cessent de se tourner vers Charlie. Je regrette de ne pas lui avoir dit que je l'aime. Je me demande où il est. S'il a besoin d'aide. S'il est dangereux.

Ai-je pris la bonne décision en choisissant de ne pas l'abattre ?

Je me dois de le croire. Ses capacités mentales étaient intactes, il se débattait simplement avec des pulsions animales. Il arrivera à les contrôler.

Mais la culpabilité me dévore.

Je devrais être avec lui, l'aider à comprendre la situation.

Comme il m'a aidée.

Pourquoi l'ai-je laissé partir seul ? Il a besoin de moi.

Je me force à continuer, parce que je sais que c'est ce que Charlie attend de moi. Je crée de multiples copies de la confession par sécurité, puis je me connecte et remplis un rapport officiel pour la CIA, dans lequel j'explique ce qui s'est passé avec le directeur Scape en omettant le problème de Charlie. Je ne laisse pas mes coordonnées. Pas encore. A priori, je suis en sécurité, mais j'ai besoin d'en être certaine.

Je veux faire remonter cette affaire au plus haut niveau possible pour m'assurer que la vérité éclate.

J'appelle le sénateur Flack et laisse un message.

Il me rappelle immédiatement.

« Annabel, ma chère. Où êtes-vous ?

— Je suis encore en ville, monsieur. J'ai des informations à vous communiquer à propos de la mort de mon père. De nouveaux développements qui impliquent la CIA. Je ne savais pas vers qui me tourner, alors j'ai pensé que vous pourriez…

— Bien sûr, bien sûr. » Il a une voix rassurante de père Noël qui me met à l'aise. « Je suis bloqué dans des réunions aujourd'hui, mais pourquoi ne pas passer chez moi ce soir, Annabel ?

— Bien sûr, d'accord. C'est parfait. Quelle est l'adresse ? »

Il me la donne et je raccroche.

Maintenant, je dois envoyer un message à Charlie.

~

Charlie

Dans une chambre d'hôtel, je sors ma tablette pour contacter Annabel. Je dois l'informer qu'elle ne risque rien et lui expliquer ce que signifie la morsure. Je ne sais pas comment elle prendra cette histoire de marque. Si elle me demande de la laisser tranquille, je le ferai. Tant que je sais qu'elle est en sécurité, je respecterai sa volonté.

Je me connecte au serveur sécurisé sur lequel nous communiquons, j'entre mon mot de passe et me soumets à une lecture rétinienne.

Elle m'a déjà laissé un message. *J'aurais voulu le dire aussi. Tu sais de quoi je parle.* Je souris, puis lis la suite : *Je vais apporter l'enregistrement à F ce soir. Il devrait être assez bien placé pour que tout soit arrangé avant mon retour.*

Un frisson de peur me traverse. Il n'est lié à aucune pensée rationnelle, seulement à une certitude. Quelque chose cloche. Annabel est-elle toujours en danger ?

Oh, Seigneur. Comment ai-je pu la laisser sans protection ?

Merde, merde, merde. Je sors tous les appareils de mon sac en hâte, branche mon téléphone, ma tablette, mon ordinateur potable. J'ouvre l'historique des appels du directeur Scape et celui de l'agente Tentrite, puis les examine. Scape a appelé Tentrite. Ça n'a rien d'étonnant. Je continue, cherche une communication avec Flack. Quand Annabel l'a-t-elle contacté pour la première fois ?

Je n'ai pas accès à l'historique des appels d'Annabel parce qu'elle s'est servie d'un portable prépayé désormais détruit. En revanche, le téléphone de Scape est en ma possession. Et j'ai une bonne mémoire. Je détermine à quelle heure Annabel a appelé Flack, puis je vérifie les appels entrants de Scape.

Il y en a un. Qui n'a duré que quelques secondes. Je télécharge la communication et lance l'enregistrement.

L'appel est concis et poli. Simplement la voix grave du sénateur qui dit : « Appelez-moi depuis une ligne sécurisée. »

Je fais défiler la liste d'appels sur le portable de Scape. Bingo. Le directeur a téléphoné au même numéro depuis cet appareil trente secondes plus tard.

Dommage, je n'avais pas de mouchard sur ce téléphone.

Mais c'est suffisant. Flack est impliqué. Je dois faire parvenir un message à Annabel avant qu'elle ne le rencontre ce soir.

J'ai mémorisé les numéros des portables qu'Annabel et moi avons achetés. Je les compose tous, un par un. Elle ne répond pas.

Bordel de merde.

Je laisse un message sur le serveur. *Ne va pas voir F. Je répète, n'y va PAS. Attends mon prochain contact.* Je lui laisse une série de chiffres, un code contenant mon numéro de téléphone. Des agents pourraient le décrypter, mais ça leur prendrait un certain temps.

Je fourre mes affaires dans mon sac, saute sur la moto et fonce à l'aéroport. Trouver un vol pour me rendre à Washington cet après-midi sera un défi, mais avec un peu de chance, j'y arriverai. Putain, pourquoi suis-je venu à Tucson au lieu de décrocher mon foutu téléphone pour appeler Jared ?

Je suis un idiot.

Annabel

À vingt heures, mon Lyft me dépose devant la demeure du sénateur, dans Georgetown. C'est une maison tape-à-l'œil bien entretenue. Bien plus belle que ce qu'un ancien directeur de la CIA devenu sénateur devrait pouvoir s'offrir. Sa famille doit être riche.

Je serre la poignée de mon attaché-case en traversant l'allée. La porte s'ouvre en grand et le sénateur sort sur le perron avec un sourire chaleureux.

« Annabel Gray, entrez, entrez ! Vous avez les yeux de votre père.

— C'est vrai ?

— Entrez, asseyez-vous. » Il montre un canapé moelleux. « Ma femme est sortie ce soir, mais je peux tout de même vous recevoir comme il se doit. Voulez-vous boire quelque chose ?

— Non, merci. »

Il s'assied dans le fauteuil à côté de moi et pose une cheville sur son genou. « Je suis content que l'on puisse enfin se voir. Vous vous sentez mieux ?

— Oui. En réalité, je n'avais pas vraiment la grippe. La dernière fois, on a tenté de m'empêcher de vous rencontrer. »

Ses épais sourcils blancs se haussent au-dessus de ses yeux bruns pénétrants.

« Que s'est-il passé ?

— Deux hommes m'ont entraînée de force dans la cage d'escalier. J'ai réussi à m'enfuir, mais j'ai préféré disparaître en attendant d'avoir assemblé les pièces du puzzle.

— D'accord. Commencez par le début. Les pièces de quel puzzle ? Vous avez parlé de la mort de votre père.

— Oui. Monsieur, vous étiez directeur de la CIA au moment de sa mort, c'est bien ça ?

— En effet.

— Et savez-vous ce qu'était sa mission au Salvador ?

— Il devait apaiser les tensions pour garantir que les accords de paix aboutissent.

— En fait, il avait reçu l'ordre de créer des troubles et d'empêcher la signature des accords. Quand il a refusé d'obéir, son supérieur, le directeur Scape, l'a fait assassiner. »

Flack recule dans le fauteuil, l'air incrédule. « C'est une accusation très sérieuse.

— J'ai sa confession. » Je sors mon téléphone et lance l'enregistrement.

Flack reste impassible pendant qu'il écoute, puis il se penche en avant.

« À qui en avez-vous parlé ? »

C'est une question étrange. La mauvaise question, non ? Ma nervosité passe un nouveau palier. Je mens pour le tester. « Personne. Je ne sais pas à qui je peux me fier au sein de la CIA. Je suis directement venue vous voir. »

Il entrelace ses mains. « Vous avez bien fait. Et votre partenaire, où est-il ? »

Ma poitrine se serre, j'arrive à peine à respirer. Il ne devrait pas être au courant de l'existence de Charlie.

« Quel partenaire ?

— Oh, je pensais que l'un de vos agents de terrain collaborait avec vous », répond-il avec aisance. Tant d'aisance que je ne parviens pas à savoir si je suis parano ou non.

« Non. Il n'y a que moi. » Je serre les bords de la mallette sur mes genoux. « Je n'impliquerais pas un agent dans une affaire personnelle. Ce serait contraire à l'éthique. Hum, je peux utiliser vos toilettes ? »

Le sénateur Flack se lève. « Bien sûr. C'est par là. »

Je suis ses indications et m'enferme dans la salle de bains. J'ai besoin d'une minute pour réfléchir, c'est tout. Pour laisser mon cœur retrouver un rythme normal et décider ce que je ferai ensuite. Je fixe mon reflet dans le miroir, toujours surprise de me voir blonde.

Bon, je dois m'en aller. Si la salle de bains avait une fenêtre, je serais déjà dehors. J'aimerais avoir un numéro pour contacter Charlie. Mais il a déjà quitté la ville. Je vais devoir me tirer de ce faux pas toute seule.

Et j'en suis capable. Je dois juste rester calme. En gardant la tête froide, je déterminerai sans mal si le sénateur est impliqué. Je prends exemple sur Charlie et active le dictaphone de mon portable.

On verra bien.

Quand je sors de la salle de bains, une douleur terrible explose à l'arrière de mon crâne.

Le sol se précipite vers mon visage et je perds connaissance.

Charlie

Quatre malabars sortent du Grand Cherokee garé devant la maison du sénateur Flack, leurs armes à la main. Ils ont l'air de mercenaires formés par l'armée. Ils font probablement partie d'une entreprise de sécurité top-secrète et exclusive.

J'espère que leur présence signifie qu'Annabel est toujours vivante. Je fais le tour du bâtiment en courant et grimpe à chaque fenêtre pour regarder à l'intérieur.

Oh, mon Dieu.

Annabel est allongée dans le salon, ses poignets et chevilles liés, sa bouche recouverte de chatterton. Les quatre types l'encerclent en discutant avec le sénateur. Je vais tous les tuer.

Si la fenêtre n'avait pas de barreaux, j'aurais déjà fracassé la vitre pour entrer.

J'ai besoin d'une diversion. Je sors une grenade du sac qu'Otis m'a donné, la dégoupille et la jette vers l'entrée avant de foncer à l'arrière de la bâtisse. Lorsque la grenade explose, les hommes dans la maison crient et courent vers la porte. Il me faut trente-cinq secondes pour crocheter la serrure de la porte arrière.

Mon ouïe de loup entend quelqu'un de l'autre côté ; j'enfonce brutalement la porte et l'assomme. Le type recule en chancelant. Je le désarme et le frappe au visage. Il se baisse pour ramasser son revolver, mais j'écrase ma botte dans son dos et le plaque à terre avec une force inhumaine. Il s'est évanoui. Je glisse le pistolet à ma ceinture avant de continuer ma progression sans un bruit. Je tire trois coups et les autres hommes s'effondrent. Leurs coups de feu partent dans tous les sens. Caché derrière le canapé, le sénateur me tire dessus, mais je me mets à couvert derrière la porte.

Annabel se réveille, elle ouvre les yeux. *Ouf.* J'entendais son cœur battre, mais la voir inconsciente rendait mon loup complètement fou.

Flack représente une menace pour elle. Je dois l'éliminer.

Je bondis dans le salon, roule devant Annabel et reste accroupi, mon arme braquée. Je prends une balle dans le torse avant de riposter. Je suis peut-être de la vieille école, mais je tire toujours entre les deux yeux.

Il tombe à terre.

Je me sers de ma force de métamorphe pour libérer Annabel, et grimace en même temps qu'elle quand j'enlève le chatterton sur sa bouche. Elle se blottit dans mes bras. Je la soulève et l'écrase contre mon torse.

Des sirènes s'élèvent dans la rue.

« Annabel. Bon Dieu. J'ai failli te perdre. » Ma gorge est nouée. « Je n'aurais jamais dû te laisser sans protection.

— Tu m'as sauvée, murmure-t-elle. Je savais que tu viendrais. Enfin, ce n'était pas une pensée rationnelle. Je ne pensais pas que tu pourrais venir me secourir, mais je le *savais*. Quand j'ai entendu l'explosion dehors, une petite voix a dit en moi : *tu vois ? Il est là.*

— Tout le monde à terre ! » Des policiers enfoncent la porte et dirigent leurs armes sur nous.

CHAPITRE DOUZE

Annabel

Le FBI ne me libère que le lendemain matin. Il a fallu remplir une tonne de paperasse, mais entre l'enregistrement sur mon téléphone dans lequel le sénateur Flack ordonne à ses sbires de me tuer et l'agente Tentrite qui a présenté le rapport que je lui ai envoyé la veille, on me relâche sans m'inculper.

Tentrite m'escorte jusqu'à la sortie, une main réconfortante posée sur mon épaule. « Je suis désolée d'avoir effacé le dossier de votre père et de vous avoir demandé de cesser vos recherches. J'aurais dû remettre mes ordres en question.

— Non, je comprends. Vous faisiez votre travail, c'est tout. » Je parcours le hall bondé des yeux. « Où est l'agent Dune ? Il a été libéré ?

— Oui, il est sorti il y a une heure. Il a donné sa démission. »

Mon cœur se serre. Il va de nouveau s'en aller. Il n'a

pas le choix. Il est venu me secourir, mais ça ne signifie pas qu'il peut rester.

Cependant, l'idée de le laisser repartir me donne l'impression de frotter mon visage contre du crépi.

La luminosité me fait plisser les yeux lorsque je sors du bâtiment. Je commande un Lyft sur mon téléphone et l'application m'indique que Tom, mon chauffeur, arrivera dans une minute. Je guette l'arrivée de la Honda Accord blanche, le ventre noué.

Charlie ne m'a même pas attendue. M'a-t-il laissé un message ? Je ressors mon portable et essaie de me connecter sur notre serveur privé. Une voiture blanche s'arrête à ma hauteur. Je monte à l'avant sans lever le nez de mon écran.

« Où est-ce qu'on va, m'dame ? » me demande une voix familière.

Je relève brusquement la tête. « Charlie ! » Je tombe dans ses bras, le serre jusqu'à l'étrangler.

Son sourire taquin s'efface et son expression devient sérieuse. « Annabel. » Il pose la main dans ma nuque. Je grimace quand il touche le bleu créé par le coup du sénateur Flack.

« Tu es blessée. » La fureur fait étinceler ses yeux.

« Flack m'a assommée, dis-je en frottant la zone douloureuse. Je ne sais pas avec quoi.

— Tu aurais dû être emmenée à l'hôpital pour être examinée au lieu d'être mise en garde à vue toute la nuit. »

Sa véhémence me fait sourire. « Merci, mais ça ira. » Je désigne son véhicule du menton. « Alors, qu'est-ce qui se passe ? Tu as déjà trouvé un autre emploi ? »

Le coin de sa bouche se soulève. « Il se peut que j'aie emprunté la voiture d'un chauffeur Lyft pour quelques heures. Je voulais être là pour ta sortie.

— Comment est-ce que tu savais que j'appellerais un Lyft ? »

Il hausse les épaules. « J'ai mes méthodes.

— J'avais peur que tu sois parti. » Je baisse les yeux en entendant ma voix trembler sur cet aveu.

Il me fait lever le menton. « Est-ce que… tu voulais que je reste ? »

C'est la première fois que l'agent Dune se montre vulnérable, et cette vue me touche d'une façon que je n'imaginais pas possible. Elle me confère de la force, du courage. J'agrippe sa chemise à deux mains.

« Je ne te laisserai pas affronter tes problèmes tout seul. Je viens avec toi. Où que tu ailles. Je sais que tu aimes travailler seul, mais c'est difficile. Tu pourrais avoir besoin de moi. Même si ce n'est que pour… t'éliminer. » C'est un mensonge. Je ne pourrais jamais tirer sur Charlie, mais je lui raconte ce que je pense qu'il veut entendre.

À ma grande surprise, il sourit. « Ah oui ? »

Je ne l'ai pas vu aussi enjoué depuis cette réunion au cours de laquelle il a mangé ma glace. Il se trouve que j'adore le voir de bonne humeur.

J'approche mon visage du sien. « Oui.

— Et ton travail ?

— Je donnerai ma démission aussi. »

Il possède mes lèvres avec passion. Son baiser est dur, exigeant. « C'est une bonne nouvelle, bébé. Parce que j'ai appris quelque chose sur la morsure que je t'ai faite. »

Je me raidis. Mon Dieu, je vais devenir une louve. Bah, tant que je suis avec Charlie, rien ne me fait peur.

« Qu'est-ce que tu as appris ? »

Son regard est tendre. Il caresse ma joue du pouce.

« Cette morsure signifie que tu es mienne. Pour toujours. Je t'ai marquée avec mon odeur pour qu'aucun autre loup ne te touche. »

J'éclate de rire. « Quoi ? C'est ridicule. »

Il hausse les épaules sans se départir de son sourire. « Ridicule, mais vrai. Cette nuit-là au chalet, si mon loup est devenu fou et a essayé de défoncer la porte, c'est parce qu'il t'avait déjà choisie comme compagne. Il avait besoin d'officialiser les choses pour ne pas attraper le mal de lune. »

Je lève les yeux au ciel, hilare. « Et je n'ai pas mon mot à dire. »

Charlie redevient sérieux. « Bien sûr que si. Si tu me demandes de m'en aller, je... » Il se frotte le front. « À vrai dire, je ne sais pas si je peux encore te quitter, mon ange. Mais si tu insistes, je m'efforcerai de le faire. »

Je ne me suis jamais sentie aussi légère de ma vie. Je pensais que cet homme ne pourrait jamais s'engager dans une relation, qu'il ne pourrait jamais rester en place au même endroit ou avec la même personne, mais il est en train de me dire qu'il ne me quittera jamais. C'est plus que je n'aurais jamais pu espérer. L'émotion me noue la gorge.

« Charlie... »

Il étudie mon visage et sa posture change légèrement. Il recule. « Ce n'est rien. Tu n'as aucune obligation. C'est promis.

— Non. » Je secoue la tête. « Je dois porter ces marques, alors tu as intérêt à rester avec moi.

— Ah ouais ? » Je ne l'ai jamais vu faire un aussi large sourire. C'est spectaculaire.

« Ouais. J'ai toujours voulu avoir mon agent secret personnel. Maintenant, c'est le cas.

— À ton service. » Il enlace ma taille et m'attire contre lui.

« Tu as vraiment donné ta démission ?

— Oui. J'aurais du mal à te protéger si on m'envoyait constamment en mission aux quatre coins du monde.

— Comment est-ce que tu gagneras ta vie ? »

Il hausse les épaules. « J'ai plein de fric. On n'a pas besoin de travailler à moins que tu n'en aies envie. »

Je le regarde, stupéfaite. « C-comment ça se fait ?

— Le salaire d'un agent de terrain peut être assez flexible, étant donné notre activité et les risques impliqués. Et mes dépenses quotidiennes ont été couvertes depuis le jour où je suis entré dans la CIA. Tout mon argent a été placé sur des comptes offshores et les intérêts ont fructifié. Nous sommes riches. »

Il a dit *nous*.

Il y a un *nous*.

J'arrive à peine à y croire. « C'est vrai ?

— Suffisamment riches, en tout cas. Où aimerais-tu vivre, mon ange ?

— Ça m'est égal, dis-je sans avoir besoin de réfléchir. Tant que je suis avec toi. »

ÉPILOGUE

Charlie

JE M'INSTALLE à côté d'Annabel dans une voiturette du Space Mountain pendant que Sarah et Grady prennent place devant nous. C'est la première chose qu'Annabel a voulu faire à notre départ de Washington : les emmener à Disneyland. Elle leur promettait ce séjour en famille depuis des années.

J'adore ça. Chaque moment passé comme un Américain ordinaire me donne l'impression d'avoir gagné au loto. C'est une vie que je ne pensais jamais avoir : la barbe à papa, la fille, le gosse. Enfin, ce n'est pas le nôtre, mais un neveu, ce n'est pas si loin.

Et j'ai très envie de mieux connaître la famille d'Annabel. Je compte passer le restant de mes jours à apprendre tout ce qui la concerne.

Ensuite, on partira dans le Kentucky pour aller voir ma mère. J'espère qu'elle ne fera pas une crise cardiaque en découvrant que je suis toujours vivant. Je veux entendre sa version de l'histoire à propos de mon père et apprendre tout ce qu'elle sait. Et je désire aussi me racheter pour toutes les années que je lui ai volées. Enfin, je ne suis pas sûr que ce soit possible, mais je ferai de mon mieux.

Le manège commence, le véhicule glisse sur les rails. « Tu ne vas pas crier comme un bébé, hein ? » me demande Annabel. Elle a teint ses cheveux en cet auburn sombre que j'aime tant. Je plonge mes doigts dans ses mèches et masse son crâne en souriant comme un abruti.

« Oh, si, certainement.

— Moi aussi », dit Sarah. Elle lève les bras en l'air et mime l'expression à la fois terrifiée et excitée qu'elle aura réellement dans quelques secondes.

Lorsque les voiturettes accélèrent dans l'obscurité, je capture les lèvres d'Annabel en un baiser passionné et maladroit.

« C'est toujours comme ça avec toi ! » crie-t-elle par-dessus le cliquètement des rails et les exclamations des passagers.

Je demande en criant à mon tour : « Comment, *comme ça* ?

— Des montagnes russes dont je ne veux jamais descendre. »

Je prends son visage entre mes mains et l'embrasse, plaque mes lèvres contre les siennes pendant que nous sommes entraînés dans les virages.

Pareil pour moi, mon cœur.

Pareil pour moi.

ÉPILOGUE DEUX

Annabel

Je n'ai jamais vu Charlie aussi stressé. Je trouve ça fascinant et totalement craquant que cet homme ne bronche pas dans des situations de vie ou de mort, mais que les moments émotionnels l'atteignent.

Ouais, se présenter à la porte de votre mère pour lui annoncer que vous n'êtes pas vraiment mort doit être un sacré pétrin.

Il nous conduit jusqu'à une maison de montagne de style chalet, charmante et simple, et on descend du pick-up qu'il a loué à Lexington.

« Ouah, c'est ici que tu as grandi ? » Mais en posant la question, je m'aperçois que la construction est trop récente pour que ce soit possible.

Sans quitter la maison des yeux, Charlie secoue la tête. « Une pension importante lui a été octroyée à ma mort. Ça faisait partie des termes négociés. »

Oh, mon Dieu. Il est mort. Cette femme a porté le

deuil de son fils unique. Que pensera-t-elle en le découvrant sur son perron ?

La porte s'ouvre et une femme mince de la cinquantaine sort sur le palier. Ses traits sont empreints de méfiance.

On s'approche de la maison, chaque pas semblant prendre une éternité.

« Pardonne-moi, m'man », dit Charlie, mais il ne parle pas assez fort pour qu'elle l'entende.

Elle me fixe en plissant les yeux, les mains sur les hanches. Puis son regard se pose sur Charlie et elle se pétrifie.

Il hoche la tête sans cesser d'approcher lentement. « C'est moi, m'man. Je suis vivant. »

Elle pose à nouveau les yeux sur moi, et se remet à bouger. Elle descend les marches en courant et tombe dans les bras de Charlie. Il l'étreint, ses yeux brillants.

« Charlie ? Comment c'est possible ? Tu es vraiment vivant ? Qu'est-ce qui se passe ?

— Je suis désolé, m'man », murmure-t-il.

Elle s'écarte brusquement pour le regarder dans les yeux. Les siens sont emplis de larmes. « Pourquoi est-ce que tu es désolé ? Bon sang, qu'est-ce qui se passe ?

— J'ai fait partie de la CIA. Des services secrets. Ils ont simulé ma mort pour te protéger. Je suis tellement désolé. »

Elle ouvre et referme la bouche deux fois avant de dire : « Bon, je pense que vous feriez mieux d'entrer. »

Elle passe devant. Je serre la main de Charlie. Je sens que c'est incroyablement douloureux pour lui, parce qu'il s'est presque changé en pierre. Ses mouvements sont mécaniques et raides, son expression est crispée et son regard reste dans le vague.

Elle nous fait entrer dans le chalet à hauts plafonds et apporte trois bouteilles de bière. « C'est un peu tôt pour boire, mais… » Elle ne termine pas sa phrase. Elle ne quitte pas son fils des yeux.

Il décapsule sa bière et en descend la moitié.

« Je suis Annabel », dis-je en tendant la main.

Elle tourne la tête vers moi et me serre la main avec chaleur. « Callie. Vous êtes la petite amie de Charlie ?

— Oui. » Ma main monte inconsciemment vers mon épaule, où les marques de morsure sont devenues de discrètes cicatrices. Elle suit mon geste des yeux et je vois la surprise se peindre sur ses traits avant qu'elle ne se tourne vers son fils.

« Charlie, est-ce que tu es… » Elle s'interrompt et semble hésiter.

« Un loup ? »

Elle entrouvre la bouche, écarquille les yeux.

« Oui. »

Elle le reprend dans ses bras. Il garde les yeux fermés pendant qu'elle le tient contre elle.

« J'aurais dû t'en parler, Charlie. Mais je ne pensais pas que tu en deviendrais un. Je ne savais pas.

— J'aurais dû te dire que j'étais vivant. Je suis désolé de t'avoir causé tant de chagrin. »

Elle s'appuie contre lui comme si ses jambes se dérobaient. Des larmes coulent librement sur ses joues. « Ne t'excuse pas, mon garçon. Tu es vivant. C'est tout ce qui m'importe. »

Il embrasse le sommet de son crâne, ses épaules et son visage se détendent peu à peu. « Tu me pardonnes ? »

Elle lui prend la main et l'entraîne jusqu'au canapé en me faisant également signe de m'asseoir. « Il n'y a rien à pardonner. Tu as servi ton pays. Je ne pourrais pas être plus fière de toi. Mais qu'est-ce qui a changé ? Pourquoi est-ce que tu es là aujourd'hui ?

— J'ai démissionné. C'est peut-être toujours imprudent

de ma part d'être ici, mais je ne pouvais pas attendre plus longtemps. »

Elle s'assied près de lui et lui serre la main. « Je parie que tu te poses des questions sur ton père.

— Oui. Dis-moi, m'man.

— Je l'ai rencontré dans la forêt derrière chez ton grand-père quand j'avais seize ans. Un gigantesque loup gris me suivait. J'avais une trouille bleue. J'ai commencé à courir et il m'a poursuivie. Je crois qu'il n'a pas pu s'en empêcher... c'était un adolescent plein d'hormones et la lune était pleine. Il a disparu quand je suis entrée dans la maison. J'ai verrouillé la porte et j'ai tout raconté à tes grands-parents, mais ils ne m'ont pas crue. Personne ne m'a crue. Les loups ne vivent pas dans ces montagnes. Deux ans plus tard, il est venu au bar sous sa forme humaine et m'a proposé un rencard. On est sorti ensemble pendant quelques mois. On est devenus intimes. Puis, une nuit de pleine lune, il m'a mordue. » Elle tire le col de sa chemise pour nous montrer des marques similaires aux miennes.

« J'ai pris peur. Je suis descendue de sa camionnette et je suis rentrée chez moi en courant. Mon cou saignait. Il a essayé de me suivre pour me donner des explications, mais ton grand-père l'a menacé avec un fusil. Je ne l'ai revu qu'après ta naissance. Je vivais dans ma propre maison et j'ai vu le loup par la fenêtre. Quand je suis sortie avec un pistolet, il s'est transformé... là, sous mes yeux. Le loup est devenu un homme. Il m'a expliqué ce qui s'était passé. Un loup marque sa compagne, mais il n'était pas censé me mordre. Il m'a dit que marquer une humaine est interdit, et que sa famille était furieuse en apprenant qu'il avait eu un enfant. Il voulait te voir, mais j'ai refusé. J'avais peur, Charlie. Je craignais que ses semblables n'essaient de t'enlever à moi. J'ai tout fait pour qu'il ne fasse pas partie de ta vie, mais il tenait à toi. »

Ses yeux, du même vert vif que ceux de son fils, s'emplissent à nouveau de larmes. « Il n'a jamais cessé d'essayer de te voir. De me convaincre qu'il n'était pas une mauvaise personne. Puis… » Sa voix s'étrangle, et sa phrase reste en suspens.

« Puis papy lui a tiré dessus », achève Charlie d'une voix dénuée d'émotion.

Je pousse un petit cri.

Callie acquiesce. « Tu l'as vu, n'est-ce pas ? »

— Je me souviens de cette nuit. Je n'ai compris que récemment ce qui s'était passé. Quand j'ai découvert ce que je suis. »

Les épaules de Callie se redressent, comme si elle rassemblait son courage. « Sa famille vit au cœur de la forêt. Je peux t'emmener les voir, si tu veux. »

Charlie secoue la tête. « Non, ça va. Peut-être un jour. Pour l'instant, te retrouver est suffisant. » Il me regarde. « Annabel et toi êtes la seule famille dont j'ai besoin. »

Je lui fais un sourire tremblant. Savoir que je suis devenue une personne importante pour mon loup solitaire continue de m'émerveiller.

Sa mère me sourit. « Tu es plus courageuse que je ne l'étais. Tu as accepté ce qu'il est. Merci d'aimer mon fils. »

Je touche à nouveau mes marques. « Je ne voudrais qu'il soit différent pour rien au monde. »

Fin

Merci d'avoir lu *La Mission de l'Alpha* ! Si vous avez apprécié ce livre, nous vous serions reconnaissantes de nous laisser vos commentaires ; ils sont très importants pour les auteurs indépendants. Découvrez bientôt le prochain livre de la série *Alpha Bad Boys* : *Le Fléau de l'Alpha !*

LE FLÉAU DE L'ALPHA ~
CHAPITRE UN

Sheridan

Ceux qui n'apprennent pas de leur passé sont condamnés à le répéter.

La citation du jour dans mon calendrier des *Paroles de sagesse* me revient en tête alors que je traverse le parking au sol inégal. J'écrase du verre brisé sous mes talons et serre les dents. Je suis venue, mais contrainte et forcée. Si je détruis ma paire préférée de Jimmy Choo au cours de cette quête futile, je serai vraiment en rogne.

Tu peux y arriver, mon cœur. C'était l'une des phrases du discours d'encouragement servi par mon père. *La meute compte sur toi* en était une autre. J'entends la suite qu'il n'a pas prononcée : *Je compte sur toi.* Si j'ai bien compris une chose au cours de mes trente années de vie, c'est que je suis prête à tout pour rendre mon père fier de moi. Y compris à retourner dans un lieu que je fréquentais au cours de mes années lycée.

Apparemment, je n'ai rien appris de mon passé ; voilà que je le répète. Maintenant que j'y pense, c'est mon père qui m'a offert ce fichu calendrier contenant une citation quotidienne.

Un entrepôt décrépi se dresse de l'autre côté du parking en gravier, sortant du béton fissuré. Des motos sont garées en ligne devant une chaîne métallique cassée. Quelques pick-up cabossés rompent la suite interminable de cuir et de chrome. Je passe devant une Chevrolet tachée de boue. Une portière rouillée, montée pour remplacer celle d'origine, ajoute une touche de couleur au bleu délavé. Sur le pare-boue, un autocollant effacé représente un loup qui hurle à la lune. Un autre : un chien lève la patte et un jet de liquide caractéristique éclabousse un symbole Ford.

Charmant.

Tandis que j'approche, la porte s'ouvre en grand et un métamorphe sort en titubant. Ses cheveux sont emmêlés et sa chemise mouillée de sueur empeste la bière, l'urine et l'herbe. À dix-huit heures, un mercredi.

Adorable.

« Excusez-moi. » Je toucherais bien son bras pour attirer son attention, mais je ne sais pas où il l'a laissé traîner. « C'est bien le club de combats métamorphes ? »

Je me raidis en voyant le type me dévorer des yeux. Je porte un tailleur jupe Anne Klein, dont la teinte olive fait ressortir les reflets caramel et noisette de ma chevelure, et se marie parfaitement à mes yeux verts. Assortie de bas extra-fins et de mes Jimmy Choo porte-bonheur, cette tenue me donne un air professionnel de face, aguicheur de dos. *Et sexy en diable en dessous.*

Mais ce loup anonyme ne le saura jamais. Son regard passe sur mes chaussures brillantes, ma jupe élégante et mes hanches généreuses, remonte vers ma taille fine et s'arrête sur mes seins.

« Hé ! Mes yeux sont là-haut. »

Le métamorphe lève la tête. « C'est la pleine lune ? demande-t-il d'un ton lubrique. Parce que j'ai tout à coup envie de baiser. »

Une technique de drague lourdingue. Génial.

« Non ! » Je m'agace, je n'ai plus envie de perdre mon temps en étant polie avec cet abruti. « Je cherche… »

Derrière lui, la porte s'ouvre. Du rock résonne dans le parking, ainsi que des cris d'hommes ivres : « Bois, bois, bois, bois ! »

En un clin d'œil, je suis revenue au lycée.

Un fût de bière dans les bois, des métamorphes torses nus qui font le poirier. Mon cœur tambourine quand je me dirige vers l'un d'entre eux. Celui qui est beau et torturé, avec des yeux bleu glace. Il se retourne à mon approche, un sourire illumine ses traits durs. Il me coupe le souffle…

« Madame ? Madame… » Une haleine alourdie par l'alcool me pousse à reculer. « Je n'entrerais pas, si j'étais vous », m'informe gravement le loup. Excellent conseil. Dommage que je ne puisse pas le suivre.

« C'est bien le Fight Club ? » Dès qu'il hoche la tête, je pousse la porte. J'inspire et retiens ma respiration avant d'entrer dans l'établissement glauque.

Mes yeux ont besoin d'une seconde pour s'habituer à la pénombre. Des particules de poussière restent en suspension dans l'air enfumé. À droite, un métamorphe tient un bar de fortune et fait glisser des verres à ses clients bruyants. Un groupe de coyotes vêtus de cuir descendent des shooters. Certains vacillent. L'un est debout sur un tabouret métallique, il chante une chanson à boire qui semble vaguement irlandaise. Je ne peux le dire avec certitude, parce qu'il a du mal à articuler et qu'il remplace la plupart des paroles par des jurons.

L'endroit est caverneux. Le sol est en béton et la lumière ne passe que faiblement par les fenêtres près du plafond. La personne qui a converti cet entrepôt en bar n'a pas fait du mauvais boulot. Le comptoir et les parois qui l'entourent sont en bois recyclé. Il y a quelques tables hautes en métal surmonté de bois poli. Plutôt sympa, à vrai dire. Avec un bon nettoyage — peut-être au Kärcher — il serait tendance, un bar à brunch hipster. Bien sûr, il faudrait changer les écriteaux des toilettes. On peut lire *Chiennes* et *Étalons* sur ceux qui décorent actuellement les portes.

Enchanteur.

Je lève les yeux au ciel et fais un pas de côté lorsque plusieurs jaguars passent à côté de moi pour se diriger vers le bar. Leurs chevelures sombres sont tirées en arrière et leurs cols sont relevés, comme des personnages sortis tout droit de *Grease*. Quelques-uns me regardent avec un léger intérêt. Je me retiens de lever à nouveau les yeux au ciel.

Je ne suis pas à ma place ici. Pour commencer, je suis la seule à être en tailleur. Et je suis une louve. Il n'y a pas beaucoup de femelles ici. Quelques coriaces, peut-être. Bah, je peux être coriace, moi aussi. Je plaque une sorte de grimace-sourire sur mes lèvres et m'enfonce dans l'ombre d'un pas assuré. Des métamorphes rassemblés en petits groupes marmonnent ensemble. L'un montre un carnet et son camarade sort un portefeuille. Du coin de l'œil, je vois des billets être échangés. Je manque de piler net et de tiquer sur cette preuve flagrante de pari illégal.

Une grande cage est placée sur une estrade. À l'intérieur, un métamorphe maigrichon avec une touffe de cheveux roux passe lentement la serpillère. Une odeur puissante agresse mon nez. Du sang.

Plus je m'approche du ring, plus l'odeur devient insoutenable. Du sang, de la sueur et de l'urine, en un miasme qui me donne le tournis. Si la testostérone avait une odeur, ce serait celle-ci. Nez plissé, je tente de me déplacer entre les piles de détritus et me cogne soudain contre un mur de muscles.

« Oh, excusez-moi…

— Fais gaffe, princesse. » Le géant musclé laisse échapper un grondement qui m'évoque une avalanche. Je lève les yeux et ma mâchoire se décroche. Au milieu d'un visage ravagé par les combats, des yeux sauvages m'observent. Ses bras, son cou, ses joues, toutes les parties de son corps non tatouées sont couvertes de cicatrices. Ces dernières attirent particulièrement mon attention. Étant donné les capacités de régénération des métamorphes, elles sont rares, mais pas impossibles. Combien de dommages physiques ce type a-t-il subis pour garder ces marques ?

Il approche une grosse main de mon coude, comme s'il était sur le point de m'aider à garder l'équilibre… ou de me jeter dehors. « Ce n'est pas un endroit pour une dame.

— Je, euh, je… » C'est ridicule. Je suis Sheridan Green de Wolf Ridge. J'appartiens à la famille de l'alpha de la meute de Phoenix. Mon oncle et mon cousin sont chefs de meute. J'ai baigné dans les politiques métamorphes avant de savoir marcher.

Je repose les yeux sur son visage plein de cicatrices et tente de me souvenir de ma mission et de mes bonnes manières. « Je vous demande pardon.

— Tu cherches quelqu'un ? » grogne-t-il.

Je lisse ma veste de costume pour me donner une contenance. « Je… oui. Est-ce que Garrett Green est là ? »

Le type gigantesque arque un sourcil. « L'alpha vient pas ici. »

J'humecte mes lèvres en réfléchissant à ce que je peux demander ensuite. « On me dit que cette opération est gérée par la meute.

— On t'a dit quelque chose de faux. » C'est un métamorphe, mais je ne parviens pas à reconnaître l'odeur de son animal. Je le sens cependant, massif et menaçant sous sa carapace intimidante. Sans aucun doute un prédateur. « C'est indépendant de la meute. »

Je me creuse les méninges. Si la meute de Garrett n'est pas responsable de cet établissement, qui l'est ? « Je croyais que cet endroit était sous la protection de la meute de Tucson. »

Il hausse les épaules. « On est des combattants. On se protège entre nous.

— C'est… » Je secoue la tête pour me retenir de dire *idiot.* « Je fais partie de la meute de Phoenix. On m'a envoyée ici pour savoir ce qui se passe…

— Salut, Grizz. Qui est ton amie ? »

Lorsque je me tourne vers la voix suave, j'ai mon deuxième choc de la soirée. Grizz, le colosse, se tient entre la personne qui a parlé et moi, mais je peux sentir un effluve d'eau de Cologne. Le parfum séduisant couvre une odeur déplaisante, froide comme une tombe, avec un relent de sang séché.

Je retrousse les lèvres et crache : « Vampire. »

La sangsue est grande, trop grande, avec un visage finement ciselé si beau qu'il en est inhumain. Sa beauté est carnassière et léthale, telle une fleur toxique. Les hommes comme les femmes seront attirés, mais ils seront morts avant d'avoir eu le temps de comprendre pourquoi.

Il sourit, révélant deux canines pointues. Je me hérisse, ma louve s'approche de la surface.

« Dégage, Nero », aboie le métamorphe. Il se déplace pour interposer sa carrure baraquée entre le vampire et moi. « C'est une invitée.

— Mon cher Grizzly. » Le vampire écarte ses mains élégantes. Il porte un costume à mille dollars et des bottes de cowboy en peau de serpent. « N'est-ce pas notre cas à tous ?

— Allez, viens. » Grizzly me guide vers le fond de la salle, loin du vampire souriant. « Le bureau est par là. Le patron voudra te parler. »

Je laisse le métamorphe au visage zébré de cicatrices — un grizzly, bien sûr — me guider autour de la cage et on se dirige vers le coin de l'entrepôt, où un cube qui sort des murs forme une petite pièce sombre. Nero nous observe de loin, ses dents scintillent dans la pénombre. Je réprime un frisson.

« Alors, les rumeurs sont vraies, dis-je en maugréant. Cet endroit appartient aux sangsues. »

Grizzly me décoche un regard affûté et me pousse avec douceur vers la porte du bureau. « Quelqu'un veut te voir, *boss* », dit-il en toquant contre la paroi de la pièce.

La porte s'ouvre et j'ai mon troisième choc. Des cheveux en pointes, un piercing à la lèvre, des tatouages noirs qui remontent sur ses bras musclés. Et ces yeux bleu glace qui me transpercent. Alors que je chancèle comme si j'avais reçu un coup, il tend automatiquement les bras pour me retenir.

Trey Robson.

« *Sheridan.* » C'est exactement comme la première fois qu'il a prononcé mon prénom. Trey me dévisage comme s'il n'était pas sûr que je suis vraiment là. Je suis grande, mais il me dépasse d'une bonne tête. Tout à coup, je me noie, je m'égare dans le passé et dans les souvenirs passionnés qu'éveillent ses yeux bleu pâle.

Trey

Sheridan Green me foudroie du regard. J'ai l'impression qu'elle vient de sortir de mes rêves — des rêves torrides —

pour débouler dans ma vie. Mon loup presse contre ma peau, il rue et griffe en exigeant de la toucher. Je ne sais pas si je dois lui hurler dessus, lui claquer la porte au nez ou l'entraîner dans le bureau pour refaire connaissance avec chaque centimètre de son corps.

Mon sexe n'est pas aussi ambivalent. Il serait facile, si facile de l'attirer contre moi, de remonter sa jupe et de la prendre contre le mur.

Puis elle ouvre la bouche. « Lâche-moi », crache-t-elle. Ses yeux verts étincèlent.

« Merde. » Je lève les mains comme si je m'étais brûlé. Sans détacher mon regard du visage furibond de Sheridan, je demande à Grizzly : « Qu'est-ce qui se passe ? »

Il hausse les épaules. « Elle a dit qu'elle voulait parler à Garrett. J'ai pensé que tu voudrais être au courant.

— Garrett ? » Je croise les bras, imitant la posture de Sheridan. Elle est hors d'elle. Comme si elle avait le droit d'être en colère contre moi, après ce qu'elle a fait. « Ton cousin n'est pas là.

— J'ai appris ça, rétorque-t-elle. Juste avant de croiser un fichu *vampire*. »

Un grondement vibre dans ma gorge. Pas contre elle. Je ne suis pas ravi non plus de la présence des sangsues.

« Entre. » Je fais un pas en arrière et tiens la porte du bureau ouverte. Elle entre et se retourne, ses mains sur les hanches. Pendant un instant, je vois la pièce à travers ses yeux. Les piles de papiers entassées un peu partout, la faible luminosité rehaussée par la lueur de l'écran d'un vieil ordinateur. Les canettes de bière vides qui débordent de la poubelle. Ce n'est pas exactement un cadre de travail professionnel.

Peu importe. C'est ma boîte et je fais comme je veux, quand je veux. Je ne cherche plus à plaire à Sheridan.

Cette époque est révolue. Elle a détruit tous les liens qui ont pu nous unir un jour.

Tu l'as bien mérité, murmure une petite voix dans ma tête. Je dois l'admettre, j'ai étouffé mes sentiments pour elle aussi efficacement que possible. Notre couple ne tenait déjà qu'à un fil avant que notre histoire se termine, mais c'est Sheridan qui m'a poignardé le cœur et a tourné la lame jusqu'à ce qu'il ne reste plus rien. Plus d'amour, plus de sentiments. Depuis, je suis une coquille vide.

« Des vampires, Robson, vraiment ? Mince, qu'est-ce qui se passe ?

Mince. Elle ne dit toujours pas de gros mots. Toujours la parfaite princesse de la meute qui se démène pour faire plaisir à tout le monde. Sa famille, sa meute, son alpha… tout le monde sauf moi. Ça ne lui pose aucun problème de me traiter comme de la merde.

Elle me regarde avec mépris, comme si j'étais une crotte de chien sur ses chaussures de marque. Ses talons chicos qui allongent ses jambes sous sa jupe et les rendent foutrement sexy.

Je fronce les sourcils et lui jette un regard furieux. Putain, qui met des talons aiguilles pour venir dans un club de combats clandestins ?

« Qu'est-ce que tu fais ici, Sheridan ? »

Elle enfonce un ongle parfaitement manucuré dans mon torse. « Réponds d'abord à ma question, loup. Pourquoi y a-t-il une sangsue ici ? C'est le territoire de la meute. Pourquoi ne pas l'avoir jeté dehors et lui avoir planté un pieu dans le cœur pour faire un exemple ?

— Je ne peux pas. Il appartient à Lucius. On a un arrangement. »

Sheridan retient un petit cri. « Tu passes des arrangements avec des vampires ?

— Merde. » Je me retourne et passe la main dans mes

cheveux. Je déteste les sangsues plus que quiconque. Ils ont transformé mon rêve en cauchemar. « C'est compliqué.

— Explique-moi. »

Je fais volte-face en grognant. « Je ne suis pas ton loup. » Je l'ai été autrefois. Mais plus jamais. C'est pour ça que c'est si difficile. « Je n'ai pas de comptes à te rendre. »

Elle se redresse, son menton prend cet angle buté que je connais si bien. « Je suis ici pour représenter la meute de Phoenix.

— Le père de Garrett ? Tu devrais parler à Garrett.

— Je pensais le trouver ici.

— Ce n'est pas le territoire de la meute. Plus maintenant. » Je déglutis pour empêcher mon loup de grogner dans ma poitrine. « On a passé un accord avec le nouveau caïd du coin.

— Je n'arrive pas à y croire. Le loup que je connais ne passerait jamais, au grand jamais d'accord avec des vampires…

— La Sheridan que je connaissais n'aurait jamais trahi ses amis pour se faire bien voir. Oh, attends. Elle l'a fait. »

Elle pâlit. « C'était il y a des années, murmure-t-elle. Je pensais que tu aurais tourné la page. »

Jamais. Je ne tournerai jamais la page. Si j'ouvre la bouche, je vais quémander son pardon comme un toutou et la supplier de revenir. J'arque un sourcil d'un air moqueur sans répondre. C'est cruel, mais elle le mérite.

Elle se détourne, ses joues retrouvent des couleurs et rosissent. Une mèche de cheveux boucle autour de son oreille parfaite. Je serre le poing pour me retenir de la toucher.

Après une minute, Sheridan me regarde à nouveau. Son visage est un masque impassible. « Je représente la meute de Phoenix. Nous avons entendu dire que le Fight

Club attire l'attention et cause des ennuis. L'alpha Green m'a envoyée pour comprendre ce qui se passe.

— Pour nous espionner, tu veux dire. » Je penche la tête et montre les dents en un simulacre de sourire railleur. « Comme au bon vieux temps. »

Ma remarque la fait tressaillir. Elle me pointe du doigt. « J'aimerais rencontrer Garrett pour discuter de la présence des vampires et de ce qu'elle signifie.

— Alors, appelle-le. Je suis sûr que ton cousin sera content d'avoir de tes nouvelles. À moins qu'il ne t'adresse plus la parole ? »

Elle pince les lèvres et secoue doucement la tête.

« Ça alors, c'est presque comme si plus personne n'avait confiance en toi depuis que tu nous as trahis.

— Tu comptes oublier cette histoire un jour ?

— Non. » Je souris pour masquer la vague de souffrance qui déferle en moi. Elle est si belle. Si parfaite. Si inatteignable. Une fourmi aurait plus de chances de sortir avec le soleil.

Son père avait raison. Je n'aurais jamais dû poser mes sales pattes sur elle.

« Écoute, reprend-elle d'une voix plus douce. Je ne suis pas ton ennemie. Le Fight Club… » Elle fait un geste de la main vers la porte. « Vous attirez trop d'attention. La police, le FBI, la CIA…

— Oh-là, oh-là ! » Je lève la main pour l'interrompre en maudissant en silence l'agent Dune et sa crise existentielle. « Cette histoire avec la CIA, ce n'était pas nous. »

Elle secoue la tête. « Vous étiez impliqués. Et maintenant, vous narguez les humains alors que ça chauffe. Des paris et des combats illégaux. De la drogue.

— Hé ! » J'écarte les bras. « Je n'ai rien à voir avec la drogue. »

Elle se penche en avant et renifle mes vêtements de

manière appuyée. « La dernière fois que j'ai vérifié, l'herbe n'était pas légale à part pour un usage médical. »

Je lève les yeux au ciel. « J'ai peut-être une ordonnance.

— Je me fiche de l'herbe. Ce sont les substances plus dures qui m'inquiètent. Le *sucre-sang*. C'est une nouvelle drogue sur le marché, et elle est mortelle. » Elle se tait, son regard part quelques secondes dans le vague. « C'est pour ça que les vampires sont là », dit-elle à voix basse comme si elle venait de comprendre.

Je garde le silence. La contempler dans son ensemble moulant est un délice. Elle a l'air d'aller bien. Elle porte plus de maquillage qu'à l'époque et ses cheveux retenus en arrière lui donnent un air sévère, mais son costume sérieux ne dissimule pas ses courbes extraordinaires.

Sheridan. Putain. Elle est irrésistible pour mon loup. Comme une drogue… ou plutôt de l'aconit tue-loup, toxique pour notre espèce. La douceur et le poison réunis en un être parfait.

Comme pour le prouver, elle me regarde droit dans les yeux. « Votre petite guerre de territoire avec les sangsues prouve que vous ne pouvez pas vous débrouiller seuls. Vous avez besoin de notre protection. Peut-être même de refaire partie de la meute de Phoenix.

— Putain, quoi ? » Je ne parviens pas à rester calme. « On se débrouille depuis des années, depuis le jour où tu…

— Vous existez parce qu'on vous le permet. » Sa voix est aussi froide que celle d'un juge prononçant une peine capitale. « Ferme le Fight Club, Trey. Sinon c'est moi qui le ferai. »

LE FLÉAU DE L'ALPHA ~
PROCHAINEMENT

Elle a gâché ma vie et m'a fait bannir de la meute. La seule vengeance que je désire, c'est elle.

Trey

Je n'aurais jamais pensé être avec une fille comme Sheridan. Une princesse de la meute, belle, intelligente, membre de l'élite. Elle m'a choisi. Elle m'a donné son cœur, son innocence.

La faire souffrir est mon plus grand regret. Mais elle nous a trahis.

À présent, elle est de retour ; on l'a envoyée pour espionner notre meute.

Elle veut se venger.

Mais mon loup… il ne veut qu'elle.

Sheridan

Il m'a brisé le cœur et a trahi ma confiance. J'ai détruit sa vie.

Maintenant, nous devons travailler ensemble et ça me tue.

J'ai envie de le haïr. Mais par-dessus tout… je veux porter sa marque.

Abonnez-vous à la newsletter de Renee

Abonnez-vous à la newsletter de Renee pour recevoir
livre gratuit, des scènes bonus gratuites et pour être averti ·e
de ses nouvelles parutions !

https://BookHip.com/QQAPBW

OUVRAGES DE RENEE ROSE PARUS
EN FRANÇAIS

www.reneeroseromance.com/francaise/

Les Nuits de Vegas
Roi de carreau
Atout cœur
Valet de pique
As de cœur
Joker Mortel
Dame de trèfle

La Bratva de Chicago
Prélude
Le Directeur
Le Stratège

Alpha Bad Boys
La Tentation de l'Alpha
Le Danger de l'Alpha
Le Trophée de l'Alpha
Le Défi de l'Alpha

L'Obsession de l'Alpha

L'Amour dans l'ascenseur (Histoire bonus de La Tentation de l'Alpha)

Le Désir de l'Alpha

La Guerre de l'Alpha

La Mission de l'Alpha

Le Ranch des Loups

Brut

Fauve

Féral

Sauvage

Féroce

Impitoyable

Indomptée (libre)

Maîtres Zandiens

Son Esclave Humaine

Sa Prisonnière Humaine

Le Dressage de Son Humaine

Sa Rebelle Humaine

Sa Vassale Humaine

À PROPOS DE RENEE ROSE

RENEE ROSE, AUTEURE DE BEST-SELLERS D'APRÈS USA TODAY, adore les héros alpha dominants qui ne mâchent pas leurs mots ! Elle a vendu plus d'un million d'exemplaires de romans d'amour torrides, plus ou moins coquins (surtout plus). Ses livres ont figuré dans les catégories « Happily Ever After » et « Popsugar » de USA Today. Nommée *Meilleur nouvel auteur érotique* par Eroticon USA en 2013, elle a aussi remporté le prix d'*Auteur favori de science-fiction et d'anthologie* de Spunky and Sassy, e celui de *Meilleur roman historique* de The Romance Reviews. Elle a fait partie de la liste des meilleures ventes de USA Today sept fois avec ses livres Wolf Ranch et plusieurs anthologies.

Abonnez-vous à la newsletter de Renee pour recevoir des scènes bonus gratuites et pour être averti·e de ses nouvelles parutions!

https://www.subscribepage.com/reneerosefr

À PROPOS DE LEE SAVINO

Lee Savino, auteure figurant sur la liste des bestsellers de USA Today, écrit des romans d'amour « brixy », c'est-à-dire « brillants et sexy ». Vous pouvez la trouver en train de rôder sur sa page d'auteure là : https://www.facebook.com/Lee-Savino-Auteur-110048237376905/